이 격렬한 유한 속에서

박용하 시집

이 격렬한 유한 속에서

달아실시선
52

달아실

나는 나의 미지다

일러두기

1. 본문에서 하단의 〉는 '단락 공백 기호'로 다음 쪽에서 한 연이 새로 시작한다는 표시임.
2. 보조 용언과 합성 명사의 띄어쓰기 등 본문의 맞춤법은 시인의 의도에 따른 것임.

시인의 말

어떨 땐 이빨 사이에 낀 음식물을 제거하는 것보다
더 중한 일이 인생에 없어 보인다.

내가 사는 마을에 실력 있고 과잉 진료 안 하는 치과의사가
있느냐 없느냐가 삶의 질과 밀접한 관련이 있다.

신발만큼 가까이 있는 구원.
화장실만큼 가까이 있는 지옥.

작은 풀들의 잔잔한 흔들림,
작은 새 몇 마리의 여린 지저귐,
네 다리 쭉 뻗고 낮잠 든 개의 한낮,
시간을 데려오고 데려가는 나뭇잎의 사계가 가져다주는
조용한 평화와 맞바꿀 만한 위력이 삶에 그리 많아 보이지
않는다.

2022년 3월
박용하

차례

이 격렬한 유한 속에서

시인의 말 07

1부. 에게 시편

無의 저녁 14
12월 16
우리는 18
이 그림자 없는 거리에서 20
커피 22
스쿨버스 24
고별 25
하늘과 바람과 별과 시 26
질문 29
좋아한다는 말 36
인간이 싫은 날 40
거들떠보지 않는 죽음 43
역무원 46
엄마 48
없는 사람 50
나에게 52

2부. 내가 사는 세계의 방식

구름이 낮아 보이는 까닭 56
3월의 마음 58
마음의 3월 60
한국의 가을 62
기시감既視感 64
불굴의 피로 70
생활의 실패 74
생활 77
칭찬의 세계 79
비판받을 권리 82
편 84
폭력 88
당한 사람 91
입장 94
돈 97
거짓말의 힘 98
거짓말 왕국 100
진실 102
공부 104
아름다운 사람 107
'나'라는 슬픔 110

3부. 무한 너머 유한

처럼 114
목적지 125
미美 128

4부. 옆구리만큼 가까이 있었다

시 읽는 밤 130
한 줄을 쓰는 사람 133
1분 후의 세계 136
여름밤 140
이 바닥에서 놀다 보면 142
거기에 순간이 있었다 145
비 내리는 세계 149
눈 내리는 세계 152
쓸쓸함에 대하여 154
그리하여 어느덧 우리는 155

해설_ 불화(不和)의 시학 • 고봉준 158

1부

에게 시편

무無의 저녁

내가 생각하는 곳에서 너는 없고
이 저녁은 이곳에 없을 것이다
너는 떠나지 않고 떠났다
나는 돌아오지 않고 돌아왔다
네가 없는 여기 이 시간을 뭐라 불러야 하나
남아 있는 사람들이 허공을 깔고 앉아 운다
없음의 더없는 있음 속에
그 숱한 있음의 덧없음 속에
또 하루가 하루를 버리듯 가 버리고
바깥을 잃어버린 시선들이 거리를 지나갔다
타인을 지나가는 것도 타인
타인을 이룩하는 것도 타인
고요가 고요를 찾아가듯이
네가 없는 이곳에는 이곳조차 없다
이곳이 없는 곳에서 너는 어쩌자고 자꾸 돌아오나
매일 다시 태어나 그날 삶을 끝내듯이 살고
이 비루한 거리로 저 석양과 함께 돌아오고 싶구나
돌아와 깔깔대며 소풍 가고 싶구나
네가 없는 나라에 내가 있다

이게 무슨 조화냐
이 저녁때 평범의 극치를 누리고 싶구나
일상의 사치 위에 드러눕고 싶구나
네가 여기 없는 동안 너는 태어나고
너가 없는 곳에서 나는 죽어간다

12월

그날 너는 나를 돌아보았지
그날 너는 너를 내팽개치듯 나를 돌아보았지
다시는 못 만날 입술을 상대하듯
너의 시선은 나의 직립을 넘어갔다
뮤지컬 관람은 속절없었고
함박눈도 안 쏟아지는 한 해의 마지막 달에
인생의 반을 집어던지듯
나를 향해 돌아보는 너를
들러붙은 두 발로 지켜보았지
머리카락으로 쳐들어가는 피의 고압에 환호하며
원망을 향해 돌격하는 너의 시선을
광선보다 빨리 흡수하고 말았지
사귀자는 한 마디 말도 없이 사귀었고
헤어지자는 한 마디 말도 없이
우리는 헤어져 왔지
심장은 살얼음판 같아서
숨소리조차 자주 깨졌지
그날 돌아보지 말았어야 했지만
기어이 돌아보고 말았지

돌아보는 너를 등대마냥 지켜보지 않았다면
우리의 시간은 오지 않았을 것이다
그날 너는 나를 아주 가버리듯 돌아보았지
돌아보는 순간 내 숨소리가 반짝이기 시작했고
거리에는 피가 돌았다
같이 살자는 한 마디 말도 없이
결혼을 하고 애를 만들었다
그날 가로등을 업고 가던 널
나는 두 손 없이 지켜봤었다

우리는

음식을 나누었다
창밖에는 비가 흘렀다
향기가 유리로 스며든다고 했던 시인은 흘러갔다
비 내리는 향기가 유리창에 들러붙어 아우성칠 때
비가 빗방울 속으로 떼구르르 들어가듯이 사랑을 나누고는
우리는 자주 인간이 아니었다
우리는 발끝에 매달려 있듯이
성기 끝에 매달려 몸을 나누었고
말은 나누지 않았다
말은 허망했다
나는 경향 뉴스 공장에서 목이 잘렸고
너는 놀고 있는 내 목을 안쓰럽게 껴안았고
곧 겨울이, 국가 부도 사태가 닥치고 있었다
유리는 비를 나누었다
스미지 않는 비를 이차 삼차 비가 덮치고
덮이고 덮인 빗방울을 다시 비가 덮어서
지천으로 강바닥으로 바다로 끌고 가듯이 데리고 갔다
그러다 올라갈 만큼 올라간 하늘에서 다시 내려왔다

비는 아무리 얻어맞아도 아프지 않으니
기적이 따로 있지 않았다
우리는 자주 사랑을 나누었지만 자꾸 허했다
나누어지지 않는 우리들 사랑이라는 이름의 허기와 환상
유리는 눈송이를 나누었다
내린 눈은 내리는 눈이 덮고
쌓인 눈은 쌓이는 눈이 덮고
그 눈조차 하늘에 덮이고
우리는 기댈 데가 우리밖에 없는
나와 너를 구하려 안간힘을 썼다
나와 너를 구하려 우리를 구했다
우리는 내가 아니었다
깊은 한낮이었다
사람이 사람을 덮었고
사랑이 사랑을 먹었다
우리는 마음을 찢었다

이 그림자 없는 거리에서

우리는 관계없는 관계였다
내가 너를 지나가듯이 너는 나를 미끄러져 갔다
얼음과 절벽의 만남
잘 지나가고 잘 미끄러지는 묘기
이 거리에서
이 눈빛 찌르는 거리에서
이 싸움 같지 않은 싸움의 거리에서
어제를 지켜볼 수 없게 우리는 사라져 갔다
이 그림자 없는 거리에서 깊이는 죄악이었고
사랑의 깊이는 최악이었다
헛된 시간을 지나가는 유령들의 화장술 속에서
이 사람 많은 거리에서 그 무엇도 아닌 사람이 그리웠다
우리는 물건이 아니었음에도 물건같이 돼 버렸다
그렇더라도 피로와 함께 야밤으로 퇴근하고
이 비루한 거리로 아침과 함께 쫓기듯 돌아와
내 사랑의 야윈 그림자를 안을 것이다
내 사랑의 투철한 결핍을 업을 것이다
이 거리에서
이 배제의 거리에서

이 차별의 거리에서
너의 얼룩진 숨소리를 듣는 사람이 있다
너의 잿빛 숨소리를 밟고 가는 사람이 있다
이 세상 어디를 가든, 어디에 속하든, 무수한 그대 눈빛 그림자
이 거리는 무수한 너의 거리
너는 무수한 나였다
이 이익의 거리에서
이 영업 비밀의 거리에서
말이 허망한 세상이라 해도
사람들 속에서 언어를 구할 것이다
괴로워도 여기서 이 순간들의 횡단 속에서
물결치는 호흡과 내뿜는 시선들 속에서 노래를 구할 것이다

커피

지상에서 마시는 겨울 커피 한 잔
혼자 노는 데 타고난 커피 한 잔
검은 눈물이라고 그랬나
너는 4만 킬로미터를 간다
너를 자주 찾던 그는
비 내리는 가슴을 지닌
길을 아끼던 나무 인간이었다
그가 죽고 나자 그의 삶이 되살아났다
머나먼 이국에서 온 검은 시간과 함께
돌아올 수 없는 사람을 마시며
슬픔의 바닥에서 젖는 비의 얼굴을 본다
그에겐 많은 것들이 필요치 않았다
때때로 이 비루한 거리에서
한 잔의 커피 그 이상을 원하지 않았다
어쩌면 오늘 저녁을 찌르는 술 한 잔과
지상을 떠나가는 맛으로 담배 한 대를 더하고 싶었을 게다
그는 외롭게 따뜻한 사람이었다
그는 이마로 만나는 사람이었다

고개 돌리면 얼음 사회가 버티고 서 있었다
삶은 대책이 없었고 죽음은 어찌할 줄 몰랐다
지상에서 마시는 겨울 커피 한 잔
눈보라와 노는 데 타고난 커피 한 잔
발바닥에 넣어 두었던 사람을 저녁이 보내고 있듯이
하루하루는 무덤이 되고
일생은 하루하루의 장례식
여러 말이 필요치 않았다
인간에게 많은 것이 필요치 않았다
커피 한 잔 천천히 즐길 수 있는 시간을
그는 그 무엇과도 바꾸고 싶어 하지 않았다
그게 그가 원하는 하루의 핵심이었을 게다
검은 심연이라고 그랬나
검은 순간이라고 그랬나
너는 4만 킬로미터를 간다
너는 조용히 인류를 지배한다
석양 뒤에서 마시는 겨울 저녁 커피 한 잔
혼자 놀 줄 모르는 인간과는 같이 놀지 않는 커피 한 잔

스쿨버스

어린 새 한 마리가 떨어졌습니다
떨어지기 전에 이슬을 묶었습니다
아침에 일어나는 게 매일 태어나는 거였습니다
일어나기 싫었습니다
그날도 당하러 가는 길이었습니다
하지만 아빠는 늘 바빴지요
엄마는 삼 시 세끼 야식까지 바빴지요
선생님은 잡무에 시달리고 있었지요
우리는 멀리 있는 내가 아니었지요
가로수보다 가까이
개집보다 가까이 있었지요
우리는 한 버스 안에서 묶였지요
이젠 스스로 묶을 일도 없어졌지요

고별

그가 떠나가기 시작했다
불꽃 눈물 다발이 굴러떨어지기까지
영원처럼 긴 순간이 흘렀다
그를 깨물 듯이
그를 찌를 듯이
그를 무찌를 듯이 껴안았던 날들이 다 무슨 소용인가
그가 다 떠나가기도 전에
굴러떨어지며 만신창이가 된 눈물 폭죽은
어둠이 날개 다는 밤의 심장부를 메아리쳤고
길바닥에 나뒹굴기까지 또 머나먼 별빛들이 흘러갔다

하늘과 바람과 별과 시

시?
그게 뭔데

시인?
그건 또 뭔데

방바닥에 누우면
기보棋譜가 천장에 물결치고
세계 지도가 머릿속을 회전하고
야구 경기에 열광하며
돈을 걸었지
지기라도 하면 세상 살기 싫었지
교육대학에 가야겠다고
문학 같은 거 거들떠보지도 않던
고교 1학년 때였지
같은 반 녀석이 시집을 가져왔었지
무슨 생각에 빌렸을까?
밤새 읽었지
별일이었지
〉

말?
그게 뭔데

언어?
그건 또 뭔데

스무 살이 되던 어느 날 끄적거리기 시작했지
반은 망한 거지
나머지 반은

일하듯 시를 찾아갔지
시가 오지 않으면 살맛이 나지 않았지

아 다르고 어 다르고
오 다르고 우 다른 세계에서
구별과 차별만큼이나 다르고
침략과 영토 확장만큼이나 다르고
죽음과 죽임만큼이나 다른 세계에서
말과 글에 지칠 때마다
말과 글에 폭격당할 때마다
〉

별의 높이에서
별의 깊이까지
그렇게 맑은 한국어가 있나 싶더군

말이 넘쳐나고
글이 남아도는 세상이 되었지

별 하나의 높이까지
별 둘의 깊이까지

죽어가는 별의 높이까지
죽어가는 별의 깊이까지

잎새 하나에 삶을 매달게 될 줄을
별빛 하나가 밤의 바다을 헤매게 될 줄을
언어 하는 동물이 이렇게 부끄러울 줄 꿈에서도 몰랐었지
몰라도 너무 몰랐었지

별은 손댈 수 없는 곳에서 빛나고
별은 발 닿을 수 없는 곳까지 반짝인다

질문
—파블로 네루다의 『질문의 책』에 답함

나는 나를 평정할 수 있는가
나는 나를 지배할 수 있는가
나는 나를 업을 수 있는가
아님 누가 와서 나를 업어 줄 수 있는가

나는 몇 식물인가
나는 몇 동물인가
이 길고양이는 몇 나라이며
이 나무에 걸리는 바람은 몇 만리인가

세계의 사랑과
사랑의 세계 속에
시간이 날갯짓하고

이 돌멩이는 몇 인류인가
이 굼벵이는 몇 광명인가
이 모래알 신경더미, 저 미세혈관 나뭇잎
저 구름 형제자매들의 뼈대는 몇 세기인가
〉

이 사람은 몇 나무이며
이 죽음은 몇 그루인가

축의금 봉투를 세는 손길 속에
이 봄날은 몇 가을날이며
부의금 봉투를 세는 여름 빗줄기 속에
저 강물은 몇 바다인가

그나저나 오늘 아침은 오늘 저녁까지 무사할 수 있는가
울 아버지는 울 어머니를 꽃필 때까지 괴롭힐 수 있는가

민들레 흰 꽃은 왜 밤새도록 흰 꽃이고
노란 꽃은 왜 하루 종일 노란 꽃일까

왜 나는 매년 싹으로 태어나 잎으로 살다 낙엽지지 않는가
나는 왜 열일곱 살 때나 마흔아홉 살 때나 변한 게 없을까

제비꽃은 곁에 있는 제비꽃을 보고 흐느낄 수 있는가

그 꼴을 민들레는 가만히 지켜볼 수 있는가

돌은 곁에 있는 돌의 온기를 느낄 수 있는가
과연 돌에는 눈동자가 없고 심장이 없는 것일까
제자리에 박힌 돌은 굴러가는 돌의 고통을 알 수 있는가
그도 아니면 갑갑함에 진저리를 치며 가속 페달을 밟을까

왜 나는 묵직한 돌로 태어나지 않고 끓는 피로 태어났는가
끓는 피로 태어났으면서도 비겁하게 구는가
비겁하게 구는 놈들을 일가친척이라고 봐주기까지 하는가

왜 나는 양말 벗듯 말을 바꾸고 지문 없는 악수 공세를 펼치는가
왜 나는 피와 뼈로 말하지 않고 혀로 말하는가
왜 나는 두개골로 말하지 않고 돈으로 말하는가

그 순진무구 소년들은 다 어디로 멸망해 버린 것이며

그 천진무구 소녀들은 다 어디로 증발해 버린 것일까

왜 가도 가도 사내새끼들은 서열 의식에서 벗어나지 못하며
허세의 고깃덩어리에서 헤어날 줄 모르는가

왜 내 나라에서조차 나는 외국인이며
내 이웃은 나를 집시 대하듯 하는가

왜 말에 재갈을 물린 세상과 발랑 까진 말 세상이
근친상간처럼 가깝게 느껴지는가

왜 세상은 선악의 세상이 아니고
호 불호의 세상인가

우리는 투표기계인가
우리는 정신노예인가

왜 손도 못 쓰고 세월이 가고

빛도 못 보고 세월이 오는가
왜 하루하루는 태아 같고 노파 같은가

왜 문신은 지워 봐야 얼룩덜룩 문신일 뿐이고
지워도 지워도 상처는 삭제 불능의 가도 가도 상처일 뿐인가

왜 눈물을 지우면 피눈물이 드러나고
성차별을 지우면 계급차별이 드러나는가

왜 인간적인 것처럼 야만적인 게 없고
왜 인간적인 감정은 비자연적인 감정이 아니고
기어코 반자연적인 감정이어야 하는가
왜 무늬만 관계고 말로만 공생인가

이 시는 몇 언어이며
이 언어는 몇 가지 피와 뼈로 달리는 세계 여행인가

왜 세계의 방식은 언어의 방식이며

언어의 방식은 삶의 방식인가
왜 내가 사는 언어의 방식이 내가 사는 세계의 방식인가

나는 사람인가 인간인가 남자인가 남자동물인가 남자 짐승인가
그도 아니면 남자기계인가

그나저나 밥은 누가 하고 설거지는 누가 하는가
방은 누가 닦고 쓰레기는 누가 치우며
왜 세 번째 행성에서 오늘도 쓰레기 더하면서 하루를 보내는가
왜 쓰레기는 아무리 잘 버려도 지구 안인가

왜 살아 있는 인간들은 언제 무슨 짓을 할지 알 수 없는 짐승들이며
왜 사람은 뒤를 보고 끝을 봐야 하는가

나는 나인가
내가 있는 곳이 나이고 여기이며

내가 있지 않은 곳도 나이며 여기인가
나는 나의 구원인가 재앙인가

왜 나는 지금 이 순간에 그토록 목매다는가

왜 그 파도는 눈부시고 이 시리게 다가오는가
왜 그는 산산조각 나 흩어지던 그 겨울 바닷가의 흰 파도와 같이 여기 없는가

돌무덤이 된 오빠
휘파람이 된 누이

인간도
짐승도 여기 두고

자작나무가 된 엄마
모래바람이 된 아빠

그들이 언제 다시 죽으러 오겠는가

좋아한다는 말

— 비스와바 쉼보르스카를 그리워하며

맥주를 더 좋아한다
기타를 더 좋아한다
기차를 더 좋아한다
눈물보다 피눈물을 더 좋아한다
바다 건너보다 DMZ를 더 좋아한다
바르샤바보다 크라쿠프를 더 좋아한다
인간이 지닌 이성보다 숨죽이고 있는 야만성을 더 좋아한다
책 좋아하지만 세상이라는 책을 더 좋아하고
신이 내린 목소리보다 우리 같이 있을 동안에를 더 좋아한다
말라르메보다 소월을 더 좋아한다
UFO보다 참새의 비행술을 더 좋아하고
구원을 내세우는 종교보다 가망 없는 인간을 더 좋아한다

그렇다 한들 어쩔 것인가
〉

돌을 사랑한다는 말보다
돌을 좋아한다는 말이 부담 없어 더 좋고
돌을 좋아한다는 말보다
돌을 밝힌다는 말이 더 좋을 때도 있다

나무를 사랑한다는 말보다
나무를 좋아한다는 말이 티내지 않는 것 같아서 더 좋고
나무를 좋아한다는 말이
시를 좋아한다는 말보다 더 마음을 움직일 때도 있다

비교가
비유가 지겹다
비유 없는 비유를 더 좋아한다
통비유를 더 좋아한다

없어 보이지 않으려 난잡 떠는 시들보다
어깨에 힘들어가지 않은 돌의 눈동자를 더 좋아한다

기이한 것

괴력난신이나
멀리 있는 이상보다 책상 위의 적막을 더 좋아한다
유물론을 더 좋아한다
철학서적보다 난중일기를 더 좋아한다
대양과 막 입 맞추는 하구의 주저하는 물결을 더 좋아하고
무르팍 적시며 밀려와 반짝이던 동해 먼 파도와
새벽의 발자국에 깃든 석양의 어깻죽지를 더 좋아한다
뜬구름 잡는 소리보다 발길, 손길, 눈길 닿는 나라를
그 나라 사람들의 돌 입술을 더 좋아한다

한 여자나
한 남자보다
되다 만 한 인간을 더 좋아한다

영원이나 불멸보다 오늘 하루 안에 있는 것들을
잔치국수나 멍게나 제비꽃이나 동동이나 슬픔 같은 것들을 더 좋아한다
〉

구원보다 식탁과 책상과 침대를 더 좋아한다

서열이
차별이
비교 우위가 끝나지 않으리라

그래서 어떻게 하겠다는 건가

미지를 옹호하지만 지금을 더 좋아한다
내일이 없는 오늘을
오늘 이후를

인간이 싫은 날

대부분의 날이 그렇습니다
그렇다고 보고 싶은 사람이 없기야 하겠어요
그래서 살맛이 납니다

인간이 싫은 날입니다
그렇다고 내가 맘에 드는 것도 아닙니다
그래서 더욱 살게 됩니다
악착같이는 아니어도 번개같이
심신을 일깨우는 그 저녁의 겨울비같이
스산함을 꼭 껴안게 됩니다

인간이 싫은 날은 내가 싫은 날입니다
싫은 걸 어쩌겠습니까
자연도 어쩌지 못하는 이 인간 감정의 무한 회전 속에서
인간이 싫은 날에 인간이 보입니다
내가 내 맘에 안 들어서 살 듯이
인간이 싫은 날이 인간을 살게 합니다

사람이 저만큼 오고 있는데
빛이 오고 있구나 경악한 적이 얼마나 되겠습니까

온기와 열기를 이렇게 대접해도 되겠습니까
갈수록 더합니다
사물이 지나가도 이보다는 낫겠습니다

싫어하는 인간 가까이에
한 명의 돌
세 명의 나무
열 명의 진눈깨비가 살고 있습니다
이래도 되는 겁니까

맘에 안 드는 나 가까이에
한 명의 강아지
세 명의 길고양이
열 명의 참새가 빛을 발하고 있습니다

인간이 싫은 날입니다
이웃이라는 이름의 가면이 싫은 날이고
입에 발린 소리 칠한 패거리들이 더욱 싫은 날입니다

내가 약속을 지키지 않을 때처럼

내 형제들이 싫은 날입니다

내가 사랑할 때처럼
내 친구가 싫은 날입니다

거짓말이 거짓말을 키우고
변명이 변명을 새끼 치고
인맥이 없으니 사는 맛이 배가 됩니다

내가 싫은 날입니다
내가 인간이라는 게 역증 나는 날입니다
그건 내가 그만큼 굶주리지 않았다는 말이고
그만큼 당하지 않았다는 말입니다

인간이 겁나는 날입니다
인간이 겁먹은 날입니다
내가 인간이라는 게 겁나는 날입니다

세상에서 벌어지는 일 중에 남의 일은 얼마 되지 않습니다

거들떠보지 않는 죽음

그녀가 죽었다는 소식을 듣고
옛날에 죽은 줄 알았던 내가 들고 일어난다

그녀는 가시 달린 피와 함께
잠 속으로 행군한 사람

햇빛으로 나뭇잎을 할퀴고
담배 연기로 시간을 긁어대던

격정이 눈보라치고 눈물이 번개 치던 그녀는
아주 훗날까지 내 기억을 갈라놓는다
내 추억을 미래로 끌고 간다

예나 지금이나
나는 언제나 죽고 있었고
여전히 죽어가고 있지만
우리는 누군가 죽어서야 겨우 기억하고
그마저도 너무 빨리 잊어버린다
〉

우리는 망각의 특수부대원들
우리는 편파 기억의 친위대원들

우리 시대는
버리기 전에 버려지고
죽기 전에 죽고
잊기 전에 잊힌다

죽은 줄도 모르고 있던 그녀의 죽음과
애도를 건너 뛴 삶이
지금의 나를 말한다

고통 없은 생활과 함께
그녀는 피 아픈 사람이었지

겨울비가 겨울나무를 불 밝히고
알코올로 자정을 불 지르던 그 젊은 밤
우리는 피와 피로 만나
언어의 뼈를 팠지

서로의 심장을 꺼내 들고
서로의 얼굴을 비추었지

우리는 모르지 않는 돌들
우리는 언젠가 모르지 않는 우주 먼지들

별빛 가라앉은 하늘에서 깨어나
지상을 데우는 함박눈의 힘조차
하얗게 잊고 있었던

너는 언젠가 나였고
여러 나 가운데 하나였다
나는 언젠가 너의 나였고
여러 너의 나였다

죽음은 나를 잊지 않고 있다

내가 죽을 때까지
너의 죽음은 죽어가고

역무원

블랙아웃된 밤이었네
집으로 가는 기차였네

그날 밤 죽을 수도 있었지만
역무원이 빛을 가지고 왔네

삶보다 오래 가는 빛을

이따금 그날 밤이 오늘밤처럼 솟아오르고
삶을 내려놓기 전에는 멸망하지 않을 기억이
119와 함께 병원으로 간다

순경은 축소하기 급급했고
형사는 CCTV 편집하기 바빴고
그 심야 역驛에서
공권력 저 멀리서
먼동이 트기 전에 역무원들이 사람을 구했지
폭력에 휩싸인 12월 밤을
〉

누가 구했는지 모른 채 2년이 갔었지
편지가 갔었지
새로 부임한 역장이 알려 왔지

진실과 사실을

엄마

내 여자는 엄마가 되었고
엄마는 둘도 없는 내 여자였지요
뭘 더 바라겠어요
난 이상한 아이였어요
엄마가 오던 날
빛 깨지던 바닷가로 도망쳤지요
무슨 저런 아이가 다 있냐고
마을 사람들이 눈 흘기며 수군거렸지요
아랑곳하지 않았어요
난 동해에서 파도를 주우며 자랐어요
파도의 격동을 들으며
태아의 시절을 지나왔지요
난 혼자를 좋아했지요
해나 달처럼 혼자 지냈지요
아빠가 오던 날이었지요
내 말은 바위섬에 못 박히고
눈동자는 수평선 근처로 다이빙했지요
차라리 아빠가 오지 않기를 바랐어요
와도 어서 가기를 바랐어요

난 눈물이 우는 아이였어요
파도를 달리고 해변을 누비던 아이였어요
혼자를 달렸지요
혼자를 원했지요
타고났어요
뭘 더 바라겠어요
엄마는 둘도 없는 나의 아름다운 사람이었지요
이젠 뭐 더 발라먹을 것도 없어요
그녀가 가던 날
비 깨지던 방파제로 나갔지요
눈물 부서지던 수평선으로 나갔지요
내 여자는 엄마가 되었고
엄마는 끝까지 발라먹히다 버려진 뼈였지요

없는 사람

그가 침대에 누워 있다는 전화가 여름 빗소리의 밤을 뚫고 쳐들어온다. 죽기 전에 봐야 하지 않겠어요. 형이 알아서 판단하라는 네 목소리가 거세지는 빗방울과 연합해서 밤의 바닥을 열혈로 두드린다.

두 달 전 그를 바닷가 병원에 입원시키고 얼른 나의 일상으로 돌아와 연락 없길 바라며 지냈다. 두 번이나 옮겨간 병원에서 본 그는 산소마스크를 하고 있었고, 저럴 바엔 하루빨리 세상 밖으로 나가기를 애인의 몸을 원하듯이 간절히 원했다. 거친 숨을 내쉬는 그의 사지 앞에서 나는 아무 말도 아무 짓도 보태지 않고 서둘러 내 그림자를 데리고 밤을 달렸다.

그를 보고 온 다음날 그가 갔다는 기별이 왔다.

그는 나하곤 상극이자 한 지붕 밑에서 공기를 마실 수 없는 사이. 그는 내 피의 반대편 반쪽. 그런 그가 가고 나니 한 줌 재. 가고 나니 왜 그랬니, 왜 그렇게 살았니 물어본들 죽은 자는 재 한 줌. 입관할 때도 나는 눈물 한 방울 보태지 않았다. 화장장에서 만난 그의 형제들을 보니 눈물이 맺히더군. 몇 눈물 봉오리만 지상으로 떨구고 나머지는 둘둘 말아 심장 속으로 되던져 넣어 버리고 말았지.

그런 그가 가고 나자 그가 가끔 일어나 앉는다. 내 어린 날의 어느 날이거나 지금보다 젊은 어느 날의 상처 난 하루는 불굴의 기억으로 되살아나 평생을 따라다닐 것이다. 사십여 년 만에 그가 근무하던 북쪽 항구에 몇 년 전 갔었지. 5월이었지. 바다가 얼마나 고요한지 나비의 날갯짓 한 번으로도 바다가 깨질 것 같았다. 언젠가 나도 그렇게 고요에 산산조각이 날 것이다.

그가 살던 도시에 가서도 연락 없이 지내다 아무렇지도 않게 그곳을 뜨곤 했다. 그가 있던 그곳은 늘 가고 싶은 곳이지만 늘 서둘러 뜨고 싶었던 곳. 그가 살아 있을 땐 생각나는 것조차 끔찍이 싫어했던 내가 그가 가고 나니 네 생각을 한다. 오랜 여정 끝에 집에 다다른 사람처럼 현관문을 열어젖히며 나타나는 사람은 죽은 사람. 없는 사람이면서 비로소 있게 된 사람.

아무리 그렇다 해도 당신은 살아 있을 때 잘하고 싶지 않은 인간이었다.

나에게

그림자하고 있어도 부끄러운 것은 부끄러운 것
표정 관리하고 있어도 욕보인 것은 욕보인 것

하루도 잊지 않고 죽음이 다가오듯이
하루도 잊지 않고 죽음에 다가가듯이
말과 글이 일생을 따라다닌다
그날 밤 사소한 태도 하나조차도 따라다닌다

증오는 녹슬지 않고
복수는 용서보다 힘이 세고

일생을 걸어도 바뀌지 않을 나와
일생을 걸고 바꿔 가야 할 내가
식탁과 침대를 오가고
햇빛과 달빛을 오간다

내가 죽어야 바뀔 내가
어김없이 오늘도 죽어가고
죽어가기 전에 살아가고

죽을 때까지 살아남아야 하고
정치와 사회를 오가고
사물 같은 사람들 사이를 횡단한다

하루도 잊지 않고
풍경은 내 편이 아니고
자연은 누구의 편이 아니고
내 양심은 혼자 있어도 나를 찌르고

내 생각을 바꿔 놓는 타인들과
내가 바꿀 수 없는 타인들의 생각 사이로
호흡과 시선의 나라가 투쟁하고
그들도 나처럼 생각할 것이란
내 생각이 얼마나 한심한 내 생각이었는지
환상을 모르는 정신으로 걸어간다

평생을 잊어 가야 할 사건과 함께
평생을 놓아줘야 할 시간과 함께
나는 다른 사람에 있었고

다른 장소에 있게 되었다

강아지하고 있어도 거짓인 것은 거짓인 것
돌멩이하고 있어도 비굴한 것은 비굴한 것

두 번이 아니기에
이번만이기에

그림자하고 있어도 사랑하는 것은 사랑하고 있는 것
혈육이라 해도 아닌 것은 아니라고 말할 수 있어야 하는 것

내 밖으로 걸어 나간 눈물이 나를 본다
내 밖으로 뛰쳐나간 핏방울이 풍경을 일으켜 세운다

2부

내가 사는 세계의 방식

구름이 낮아 보이는 까닭

오랜만에 오는 전화 속에는 계산이 묻어 나온다
반갑기보다 저의가 묻어 나온다
내심 잘도 잊지 않았구나 싶은데
낯 뜨거운 목적이 속 뜨겁게 올라온다
때론 뻔뻔하고 뻔하기도 하더구나
네가 아직 죽지도 않았더구나
궁금하기도 해서
난 하나도 궁금하지 않는데
넌 먼 강산과 오늘 날씨를 말하더구나
나의 형제들과 출신 성분을 끌어들이더구나
나의 흐린 문장을 말하더구나
뜻밖에 오는 전화 속에는 뜻밖의 일이 없다
쓸개 빠진 덕담과 공허한 잡담
부탁 아니면 둘도 없는 네 외로움
전화를 기다리던 날들이 지나갔다
오랜만에 오는 전화 속에는
얄팍한 산술이 기어 나오더구나
네가 아직도 글을 쓰더구나
나는 내가 쓴 글에 관심 없는데

넌 먼 평판과 오늘 인심을 말하더구나
나의 벌거숭이 문장을 말하더구나
아직도 여전하구먼 하더구나
술에 취해 전화하던 날들이 지나갔다
돈 빌릴 데가 있던 날들이 지나갔다
심심한데 만나서 담배나 한 대 피자는 날들이 가 버렸다
파도의 높이를 향해 떠나자던 날들 역시 감감해졌구나
그럼에도 혹시 돈 가진 거 없냐고 묻더구나
인간에게 향기가 있었던가
나만의 향기
너에의 향기
만물에게 다가가는 향기
보고픈 향기
오랜만에 오는 전화 속에는 설렘이 없다
나의 냉대가 있다

3월의 마음

3월에 나는 죽어요
새 학기, 새 학생, 새 선생

3월에 나는 간신히 지내요
날 선 마음, 날 선 몸, 날 선 말

나무칼로 사람을 찌르고
나무 톱으로 복부를 질근질근 톱질하는 느낌과 함께

3월이면 어김없이 죽어요
낯선 책상, 낯선 얼굴, 낯선 공기
그렇다고 낯익은 인간들이 좋기야 하겠어요

4월에 나는 어떻게 될까요
2월에 나는 신입이 되었어요

바람의 방향이 돌변하고
낯선 날씨가 바람을 살찌워요
잘 살 줄 몰라서 살게 되는 마음과 함께
〉

3월에 나는 죽어요
새 동료, 새 상사, 새 사장

3월에 나는 겨우 겨우 지내요
벽과 창과 문과 천장을 껴안고
삶의 전의를 극대화하며 지내요

3월에 나는 유독 인생을 살아요
3월에 나는 황량함을 배가하며 살아남아요

당신은 어떤가요

마음의 3월

내가 나를 어려워하듯이
3월에 태어난 사람이 3월을 어려워한다.
2월의 날씨가 2월을 감내하듯이
나하고 알고 지내던 사람들이 나를 어려워한다.
나를 알기도 전에 어려워했던 사람들이다.
그들 중에는 부모형제가 있고, 애인이 있고, 직장 동료가 있고,
이웃주민도 여럿, 시 쓰는 인간들도 있다.

내 인생에서는 4월도 만만치 않았지만 3월에 살맛이 더 안 났다.
입학이 그랬고, 입사가 그랬다.
화창한 봄날이란 수사에 불과했고,
그때 그 봄날에 나는 어떻게 살아야 하는지 모르는 사람처럼 살았다.

3월에는 아지랑이와 황사와 스모그와 미세먼지가 있었다.

맞대면은 한여름, 결혼은 4월, 구조 조정은 9월. 그 다

음해 3월엔 아이가 태어났지. 한 손엔 우윳병, 한 손엔 기저귀를 들고 나는 어떻게 생활해야 하는지 모르는 사람처럼 생활했다.

3월에는 불안과 초조와 낯섦과 미지가 있었다.

나무가 꿈꾸는 시간에, 3월 부적응자로, 봄날 비적응자로 살아남았다.

3월에 태어난 사람이 3월을 못 견뎌 한다.

사람이 짐승보다 사람을 더 어려워하듯이.

동물로 태어난 인간이 동물의 침묵을 감내하듯이.

한국의 가을

무섭게 나이 먹어 간다
무섭게 감각 먹어 간다

바이러스 가을
박테리아 가을

하루 벌어 일념
하루 벌어 집념인 생활에

무섭게 정신 먹어 간다
무섭게 사람 먹어 간다

내가 약속한 말은 어디로 갔으며
내가 버린 삶은 어떻게 되었는가

동물적인 가을
물질적인 가을

유리 하늘 아래

지상에 머문 날과 머물 날을
깨뜨리게도 되는

현실적인 가을
경제적인 가을

맹독의
불가역적인
환원 불가의 가을

죽은 사람들은 다 어디로 갔으며
죽어가는 사람들은 다 어디에 있는가

이 가을은 몇 명이고
나는 몇 사람인가

기시감既視感

어딜 가나 내 괴로움
어딜 가나 내 즐거움
어딜 가나 내 외로움과 내 쓸쓸함
모른 척할 뿐이다
지나쳐 갈 뿐이다

어딜 가나 나 아닌 괴로움이 넘치지만
어딜 가나 내 괴로움은
마냥 내 괴로움이어서
내 괴로움 없이 나는 나를 구할 수 없고
내 외로움 없이 나는 나를 젓을 수 없고

어딜 가나 폭력
어딜 가나 가정폭력
어딜 가나 성폭력
어딜 가나 학교 폭력
어딜 가나 직장 폭력
어딜 가나 국가폭력
어딜 가나 공포의 짝짓기

어딜 가나 광적인 편 가르기와 열광적인 성차별
어딜 가나 공사판
어딜 가나 노름판
어딜 가나 식은땀과 피 웃음
어딜 가나 큰 거짓말과 새끼 거짓말들
어딜 가나 돈 폭력
어딜 가나 '나'라는 폭력
어딜 가나 폭력 인류
어딜 가나 폭력의 고향

어딜 가나 끝나지 않을 것 같은

어딜 가나
널린 게 한
깔린 게 원한

어딜 가나 희희낙락
어딜 가나 일희일비
어딜 가나 줌마와 저씨와

어딜 가나 그놈의 사장님 소리
어딜 가나 통닭구이

어딜 가나
커피 커피 커피
카피 카피 카피

어딜 가나
졸렬과 옹졸과 비겁과 양심불량
어딜 가나 말의 타락
어딜 가나 언어의 부패
어딜 가나 무관심과 외면
어딜 가나 이익과 계산

작으나 크나 세상은
또 한 뼘 세상이어서

어딜 가나 순자 영자
어딜 가나 희숙이 영숙이

어딜 가나 찬호 민호
어딜 가나 철수 영수
어딜 가나 돈남돈녀

어딜 가나
현재진행형 상처 다발

어딜 가나
현재진행형 기억 만발

어딜 가나 무책임
어딜 가나 반칙
어딜 가나 도로
어딜 가나 도로아미타불
어딜 가나 교회
어딜 가나 계급과 서열
어딜 가나 미국
어딜 가나 유전무죄
어딜 가나 지치지 않는 인간의 악행

어딜 가나 새로운 쓰레기

어딜 가나
가지가지 이 폭력진 세상에

어딜 가나 당신 입술
어딜 가나 당신 눈빛
어딜 가나 당신 손길과 발길
안 그리운 척할 뿐이다
안 보고 싶은 척할 뿐이다

어딜 가나
우리들의 우울은
우리들의 울울창창 음울과 울음
어딜 가나 짜증과 화와 신경질과 분노

어딜 가나 사람 꼭두각시
어딜 가나 지구 낭떠러지
어딜 가나 가봐야 지구 손바닥
〉

어딜 가나 노인
어딜 가나 요양병원

어딜 가나 보이는
어딜 가나 들리는
그러나 어딜 가나 보이지만 들리지 않는
들리지만 보려고 하지 않는 우리들 편견 세상

어딜 가나 이승
어딜 가나 저승

어딜 가나
우리를 따라다니는 죽음과 죽임

모른 척할 뿐이다
미친 척할 뿐이다

어딜 가나 내가 틀리길 바랄 뿐이다
내가 일반화의 주범이길 바랄 뿐이다

불굴의 피로

피로가 피로하다
그 와중에도

이웃집 꽃사과나무는
지난해와는 다른 꽃사과꽃을 듬뿍 보내왔다

우리 집 찔레꽃은
지난해와는 다른 흰 꽃을 한창 보내왔다

꿈?
꿈 없이 실컷 자는 것

원?
원 없이 잘 때 자는 것

피로가 극성이다
피로가 지극정성이다

잠만 자던 방

잠만 자던 밤

평일이 끝나도
주말 마감 기계들은
벌써 여러 해째 피로를 마감하지 못한다

파도야
유사 이래
패배를 모르는 생활이겠지만
나는 언제 나다운 나였는지 모르고
너는 그런 나를 또 모르고
형제자매들은 멀어지고

가까스로
밀리고 떠밀리다 엎어지듯 도착한 해변에는
수평선을 조망하는 지친 발끝이 있다
무한 리듬과 입 맞추는 열혈 심장이 있다
유한을 깨무는 입술이 있다
〉

파도야
바다 이래
여일한 생활이겠지만
며칠 쉬기라도 할라치면 못 견디게 보고픈 피로마냥
피로는 피로를 답습하려는 경향이 있다
피로가 피로를 먹여 살리기도 하는 모양이다

피로가 푸르다
피로가 열렬하다
사파리가 쉬는 날에도
비행기가 뜨지 않는 날에도

어제의 피를 타고 또 오늘 하루를 마감한다
내일은 다른 피를 타고 가야 하리라
다른 피로 갈아타야겠지만

삶에서 내리지 않는 한
삶을 갈아 버리지 않는 한
내릴 수가 없다

멈출 수가 없다

파도는 파도를 밀고 가는 걸까
떠밀려 가는 걸까

뒤를 돌아볼 수 없었다

피로가 피로하다
피로가 과로하다
피로는 피로를 모른다
인간은 인간을 모른다

생활의 실패

누구의 지배도 받지 않고
누구를 지배하지도 않는다
꿈결 같은 생활이 여기에 있다

강자한테 덤비고
약자한테 함부로 하지 않는다
꿈속 같은 생활이 여기에 있다

누구를 사랑하지도
미워하지도 않는다
꿈의 생활이 여기에 있다

이런 생활이 가능할 것 같지는 않고
가능할 것 같기도 하고

오늘도 죽어가고 있다는 불변 앞에서 피는 돈다
소박한 생활 앞에서 내 피는 열렬하고
우상은 멀어지고 우애도 빛을 잃고
거창한 꿈 없이 나는 내 발 위에 서 있다

발 위를 가며 평범한 생활을 생활한다
(오죽했으면 그 사람은 평범이 그립다고 했을까)

사람들 만나 떠들고 술 마시는 게 점점 귀찮아진다
내가 하는 말이 귀찮아지듯이 그들이 하는 말이 귀찮아진다
내 부모형제가 귀찮아진다
같이 밥 먹는 게 귀찮아진다
그들이 나의 말, 나의 생활을 재미없어 하듯이
나는 그들의 말, 생활이 재미없다
재미없는 정도가 아니고 반감을 불러일으킨다
그들의 언어관과 정치관이 적개심을 불러일으킨다

사람들 모이는 데 가는 게 점점 귀찮아진다
영화관까지 가는 게 귀찮고
강연장까지 가는 게 귀찮고
맛집까지 가는 게 귀찮고
비행기 타고 가는 게 귀찮고
예식장 가는 건 아주 귀찮고

상갓집 가는 건 그나마 낫고
괴력난신 같은 건 내다버린 지 옛날이고
음악도 밀쳐 두고 백지 앞에서
노래 부르지 않는 노래를 하면서 지낸다
혼자서 혼자를 즐거워하며 지낸다

믿음은 하루아침 같고
우정은 하루저녁 같고

그런가 하면
어떤 날은 이승을 등에 업고 저승을 배에 안고
아주 딴사람이 된다
그 사람이 되어 본다
(일상이 그립다고 한 사람의 절규가 들리지 않는가)

생활

토씨 하나에 천지가 명암을 달리하듯이
한 단어를 빼 버리면 한 삶이 무너져 내리듯이
빼다 박을 수 없는 하루살이 인생이 사라져 가듯이 하루가 간다

발가벗기거나 알아서 발가벗은 하루여
하루를 살기 위해 하루를 죽으러 간다
가라앉지 않는 어제의 분노로
갈등하는 어제의 저력으로
괴로운 밤에 괴로움을 배가하는 사람의 힘으로 맞이하는 아침에
금주 금연하듯 내일을 기획하기가
나를 해부하기가 그렇게나 어렵다
아직도 전술과 산술에 미숙한 자여
거품 없는 하품의 힘으로 하루가 오고
피로에 기댄 피곤의 힘으로 하루가 간다

하루는 늘 오늘 하루
〉

시인이기 전에 시민으로
시민이기 전에 생활인으로
생활인이기 전에 풍경인으로

오는지 가는지 모르게 왔다 가는 먼 하루

그가 없는 오늘이 가고 있다
내가 없는 오늘이 오고 있다
하루를 발라먹으며 오늘을 기억한다
오늘을 추억한다
오늘을 감정한다

순간의 감식가- 시인이여

하루를 살러 일생으로 간다
짐승의 슬픔으로 인간에게 간다

칭찬의 세계

칭찬은 얼마간 화끈거리고 때론 역겹다
시선의 날짜와 호흡의 분초를 헤아리게도 하는
칭찬은 고래를 썩게 하고 무리를 죽게 한다

니가 나한테 해준 게 뭐 있냐며
역정 낸 인간이 있었듯이
빈말이 아니었는데도 칭찬받는 게 민망하다며
답장한 편집자도 있었다

입에 발린 소리일지라도 마냥 싫지만은 않은지
칭찬은 무르팍을 까지게 만들고
혈액을 날뛰게 한다

시대와 계급을 떠나
짜고 치는 묵인과 호응을 물끄러미 지켜보게도 된다

칭찬에 인색하다고 너는 내게 투덜거리지만
칭찬할 수 없는 작품 앞에서 나는 그저 냉담할 뿐이다
삼십 년 전에도 그랬다
〉

존경하는 시인은 죽은 시인들
존경하는 사람은 죽은 사람들

생존 시인의 시를 칭찬하면
그들은 얼마 안 가 누구랄 것도 없이
졸작과 태작으로 뒤통수를 쳤다
나도 그랬다

하나같이 좋은 소리들 듣고 싶어 하고
작품은 나중이고
호감과 비호감이 먼저다
언어의 힘과 삶의 힘은 나중이고
언어유희냐 아니냐
내 사람이냐 아니냐
그게 먼저 움직인다

칭찬은
우위에 있다고 자신하는 자들이 즐기는 패 같고
노림수 같고

그러거나 말거나
칭찬은 다음 작품을 쓰게 하고
지금 쓰고 있는 작품을 썩게 한다

알아주는 자에게 충성을 바친다
그래라
알아주는 자에게 헌신한다
그래라
알아주는 자에게 재산까지 갖다 바친다
그러거나 말거나
예나 이제나
듣고 싶은 말만 듣고 싶어 하는 마음의 제국에서
입을 파묻고 돌아선다

인정받고 싶어
칭찬받고 싶어 피 봤던 날이 여기서 머지않다

비판받을 권리

나부터 선을 긋고 있다
남의 말을 들으려 하지 않는다
듣고 싶은 말만 들으려 하는
아직도 안 되는 듣기

일가친척부터 위정자까지
주어 없는 고깃덩어리랑
묻지 마 투표기계까지
보고 싶은 것만 보려 하고
듣고 싶은 것만 들으려 한다

종교는 말해 뭐하겠는가
유리 국경은 말해 뭐하겠는가

우리는 파편이다
그것도 끼리끼리 파편이다

이젠 이상하지도 않은 일이 되어 버렸지만
비판하는 자들이

비판받는 걸 더 못 견뎌 한다는 것이다

용기 내 들어야 할 쓴소리가 왔을 때
나는 누구였고 우리는 무엇이었던가

나부터 총을 들고 있다
남의 말을 들으려 하지 않는다
아직도 요원한 듣기의 힘

비판할 자유가 있듯이 비판받을 자유도 있다
작가는 비판받을 권리도 있다
언어보다 총알이 편리한 이유다

비판하는 힘보다 비판을 받아들이는 힘이 더 큰 저녁이다
그런 저녁은 희귀하다

편

편은 우스꽝스럽습니다
편은 섬뜩합니다

편은 역겹습니다
편은 열광적이고 광적입니다

우주라면 모를까
나는 아버지 편이 아니고
철학자 편이 아니고
배관공 편입니다

오늘밤 우리 집 하수도가 막혔거든요
곧장 뇌가 막혔지요
지난번엔 변기가 막혔지요
뚫릴 때까지 감각이 막히고 삶이 막혔지요

겨울날엔 보일러가 고장 났었지요
곧장 일상이 고장 나고 정신이 고장 났었지요
언제부터인가 나는 지식인 편이 아니고

보일러공 편입니다

근데 말이죠
배관공도 배관공 나름이더라구요
엉터리 혈관 공사해 놓고 먹고 튀려는 걸
계약금까지 토해내게 한 적도 있었지요

편들기는 끼니만큼 가까이 있습니다
편 가르기는 생래적으로 안 맞습니다

나는 권력자 편이 아니고
목수 편입니다

우리 집 화장실 문이 삐걱댔었지요
그때마다 기분이 삐걱거렸었지요
사람을 불러야겠는데 사람을 믿을 수 있어야지요
문이 삐걱거리지 않을 때까지 시간이 삐걱거렸었지요

여하튼 나는 종교 편이 아니고

이발사 편입니다

편은 편들게 돼 있습니다
우리는 편파 판정의 주범이고 공범이고 종범이고 방관범이고 상습범입니다

언제부터인가 나는 혈연 편이 아니고
오고 가는 나뭇잎 편입니다
죽어가는 동물 편입니다

삶의 순간순간
내가 내 편이 아니길 기원합니다

눈이 오고 눈에 돌이 젖습니다
바람이 불고 바람에 비가 휘청거립니다
그 와중에도 인간은 편 가르기에 광분합니다

우주를 편드는 사람이 있습니다
그는 죽어가는 행성 편입니다

그는 죽어가는 호흡과 희미해져 가는 모래 발자국 편입니다

천지는 편이 없습니다

폭력

좀 더 죽어야 합니다
빛이 더러워지지 않도록

죽일 때는 아주 죽여야 합니다
공기가 타락하지 않게

죽이는 시늉이나 하는 처벌에 관해 말하는 겁니다
우리는 끼니만큼 잦은 폭력을 끼고 삽니다
꽃의 종류만큼 많은 폭력을 목도하고 삽니다

나는 누구의 남편이 아닙니다
누구의 아내는 더더욱 아니고
누구누구의 형님 아우가 아닙니다
누구의 남자가 아니고
누구의 여자가 아니고
누구의 선생이 아니고
누구의 제자가 아닙니다
누구누구의 선후배도
누구누구의 물건은 더더욱 아닙니다
〉

내가 나가 되기까지
많은 사람이 죽었고
지금 이 시간에도 죽어 나가고 있습니다

좀 더 죽어야 합니다
사과할 수 없도록

죽일 때는 아주 죽여야 합니다
슬퍼할 수 없도록

죽일 때는 말이 더러워지지 않도록
최악을 다해 죽여야 합니다

조금밖에 안 죽이는 폭력에 관해
죽이는 흉내나 내는 용서에 관해 말하는 겁니다

이 행성에는 70억의 인종이 있습니다

방관하거나

외면하거나
무관심하거나
타락하거나
나는 폭력의 희생자이기 전에 가담자인 겁니다

우리는 폭력의 공동체에 삽니다
우리는 범죄의 공동체에 삽니다

그러니 제발 그냥 죽지 마십시오!

한 번 폭력 당한 사람은
평생 폭력 당하는 사람입니다

당한 사람

억울한 일을 당하고 보니 세상이 달라 보인다
언론이 달라 보이고 공권력이 달라 보인다
가까이 있는 제 식구나 이웃부터 달라도 너무 다르게
보인다
배우자의 눈빛이 달라 보이고 아이의 입가에 힘이 들어
가 있다

억울한 일을 당하고 보니
기댈 데 없는 내 고립과
아는 변호사 하나 없는 내 인맥과
변호사 살 돈도 없는 내 처지가 더 암울하게 보이더구나
억울한 일을 겪고 나니
내가 나를 다르게 겪고 너를 다르게 겪는구나
막상 억울한 일을 당하고 보니
어둠의 종류와 빛깔도 갖가지인 것처럼
빛의 노래와 음악도 갖가지인 것처럼
세상을 다르게 보지 말라고 해도 세상이 새롭게 보이고
무엇보다 내가 새롭게 보이고
지금껏 내가 지나쳐 갔거나 나를 지나쳐 갔던
그 타인이 타인이 아니게 되더구나

억울한 일을 겪고 나니
억울한 사람들이 세상에 너무 많구나 탄식하게 되더구나
내 피부 속에 네가 들어와 살게 되더구나

억울한 일을 겪고 나니
울음이 달라 보이고
입술이 달라 보이고
뒷모습이 달라 보이고
사건마다 온기와 열기가 피어오르고
세계가 타인에 있게 된다

당한 사람과 당하게 한 사람은
손모가지만큼이나 가까이 있고
발자국만큼이나 붙어 있다

나는 언젠가 당하게 했던 사람
나는 언젠가 당했던 사람
당한 사람들이 널려 있다
당하게 될 사람들도
〉

끝나지 않으리라
인간이 끝나지 않는 한

입장

거짓말같이 사물들에게도 피가 돈다.
온탕과 냉탕을 오가는 돌처럼
압축 열기의 얼음처럼
입장을 바꾸면 입장이 태어난다.
그것은 생사가 오가는 일이지만
대개 입장이 바뀌지 않고 시간 끌기와 말 바꾸기를 한다.
간교한 말놀음이 대표 입장이다.
사과와 사죄는 반쪽짜리 입장.
속셈은 하나의 엄연한 입장.
계산은 둘도 없는 입장.
입장의 난립 속에
입장의 이기심 속에
제외적으로 타인의 입장이 되고
예외적으로 피해자의 입장이 된다.
그것은 꿈속의 입장이다.
꿈결 같은 입장이다.

인간을 마주하는 식물의 입장처럼 일생에 한 번은 개의 입장이 된다. 될까? 인간을 마주하는 고래의 입장처럼 일생에 두 번은 파도의 입장이 된다. 될까? 뭐가 무섭다고 한여름 축제 불꽃놀이 폭죽이라도 터지면, 멀리서 번개라도 치면 천둥 검이 하늘을 베어 버리기라도 하는지 우리 집 개는 잔뜩 겁을 먹고 멀쩡한 지 집 놔두고 철쭉 밑으로 들어가 비 쫄딱 맞으며 어쩔 줄 몰라 한다. 파란 야구공으로 채운 수영장에 들어 있는 단 하나의 노란 야구공을 찾아내는 개의 후각 시선 앞에서 내가 초유의 입장이 되는 것처럼 일생에 한 번은 해의 시선과 달의 호흡으로 지구에 간다. 가게 될까?

누구에게나 입장이 있다.
졸렬하고 옹졸한 입장이 있고
고질적인 입장이 있다.
반대 입장이 있고
반대를 위한 반대 입장이 있다.
극한 입장이 있다.

입장이 바뀌려면
입장을 바꾸려면

그것은 목숨이 왔다 갔다 하는 일.
천체의 운행이 왔다 갔다 하는 일.

거짓말같이 사실들에게도 피가 돈다.
입장이 바뀌려면 언어를 바꾸어야 해.
언어를 바꾸려면 삶을 걸어야 해.

일생에 한 번은 당한 사람의 입장이 된다.
일생에 한 번은 죽임의 입장이 되고 죽음의 입장이 된다.
불가능같이.
불가능같이.

돈

나는 어느덧 세상을 믿지 않는 나이가 되었고

이익 없이는 아무도 오지 않는 사람이 되었고
이익 없이는 아무도 가지 않는 사람이 되었다

부모형제도 계산 따라 움직이고
배우자도 친구도 계산 따로 움직이는 사람이 되었다

나는 그게 싫었지만 내색할 수 없는 사람이 되었고

너 없이는 하루가 움직이지 않았고
개미 새끼 한 마리 얼씬거리지 않는 사람이 되었다

거짓말의 힘

거짓말이 우리를 갈라놓았네
한 번의 큰 거짓말이 우애를 찢어 놓았네
길길이 갈갈이 찢긴 마음이여

그는 한 시절 나의 동맹
우군, 혈맹

두 번이 아니라네
단 한 번의 결정적인 거짓말이
우리 사이를 완전히 갈라놓았네

한 번의 큰 거짓말이
줄줄이 새끼 거짓말을 지어냈네
나중에는 거짓말이 거짓말하는 줄도 모르는 것 같았네

총도 칼도 주먹도 아닌
단 한 번의 큰 거짓말이
부모 형제를 갈라놓고
이승을 갈라놓고
〉

지금까지 잘한 날들이
무효가 되었네

자본도 계급도 서열도 명령도 아닌
한 번의 큰 거짓말이
피를 갈라놓았네
피를 찢어 놓았네

거짓말 왕국

거짓말이 시체처럼 떠오른다
거짓말이 변사체처럼 떠오른다
거짓말하는 사람보다 거짓말 듣는 사람이 중하다

무엇이 기다리고 있는지
영식이와 춘자는 제가 죽을 구덩이인 줄도 모르고
함박웃음까지 머금고 열심히 구덩이를 판다
그 옆에서 총이 활짝 웃는다

건국 이래 공권력은 업자들의 이중대에 불과하다

주어 없는 고깃덩어리의 나라에서
거짓말하는 사람도 거짓말 듣는 사람도
이미 절반은 거래하고 있다
묵인하고 방조하고 그러려니 하고 그렇게 망가져 간다

이 싸움은 싸워서 이기기 전에 지친다
이 싸움은 살아 있는 송장과의 싸움
거짓말하는 자보다 듣는 자가 더 막중하다
〉

거짓말이 시체를 파먹는다
양심이 있을 곳은 공중 묘지
거짓말이 자신의 발밑을 파내려 간다
거짓말을 지켜보고 있는 사람이 공중의 진실을 찾아간다

거짓말이 공중에 공동묘지를 건설한다
거짓말이 사람들을 불러 모은다

마주할 심장이 없고
마주할 나라가 없다

진실

나는 너를 굳게 믿었다
믿은 내가 잘못이었다
너는 네 아름다운 이름과는 달리
너의 힘을 믿을수록 너는 점점 더 실체를 감추었고
너를 밝히려는 자는 점점 더 굳어 갔다
굳은 것은 더 굳을 것을 원했고
네게 다가갈수록 천지가 비웃었고
가까이 지내는 사람들조차 언제 봤냐는 듯
하나 둘 떨어져 나갔다
사람이 사람이 아니게 되었으며
풍경이 풍경이 아니게 되었다
피로 위에다 피로를 눕혀야 했고
눈물 위에다 눈물을 쌓아야 했다
그러자 네 번듯한 얼굴과는 달리 네가 미워지기까지 했다
너를 믿은 대가는 혹독했다
두려움 위에다 두려움을 쌓아야 했고
공포 위에다 공포를 덮어써야 했다
과로사 곁에 의문사가 따라다녔다
너를 믿는 게 아니었다

너는 어쩌면 처음부터 있지도 않았다
너 앞에서 세상이 얼마나 무책임하고 비겁했는지
우리는 알고도 모른 체했다
너는 내가 알고 있는 사람이 아니었다
진실은 인간의 피를 먹고 시간을 먹고 자랐다
진실 같은 건 믿는 게 아니었다

공부

신앙 갖고는 안 된다
수사학 갖고는 안 된다
돈푼 갖고는 안 된다

살인자는 평범하다
사무실에 앉아 정장으로 업무를 본다
이웃집은 평범하다
하루아침에 국경선을 긋는다

믿고 살았던 날들이 싫어졌다
질문하지 않았던 날들이 과거일 수 없게 되었다
교활한 것들 앞에서 순진하게 구는 나부터 조진다
공권력 앞에서 쪼는 나부터 두들겨 팬다
잘못된 에미 애비 앞에서
공손하게 구는 녀석들부터 깐다

나쁜 피는 나의 긍지
실전 감각은 나의 눈부신 기억
저열한 것들이 거들먹거리는 사회에서 맷집을 키워야

한다
싸우는 기술을
싸우는 예술을
그들을 불편하게 만드는 자유를
피 묻은 윤리를

좋은 것이 좋은 것만이 아니다
나쁜 것이 나쁜 것만은 아니듯
세상은 불가능한 만큼만 가능한 세상

시간이 해결해 주지 않는다
과거가 순순히 물러가지 않는다
짓밟힌 기억은 짓밟히고 있는 평생 기억
상처는 반영구적인 현재진행형 상처
제 삶이 끝나야 제 죽음이 끝나듯

복수는 나의 긍지
불가능은 나의 자존
간악한 것들이 판치는 나라에서 묵인하지 않는 힘을 키

워야 한다
갈등하는 기술을
갈등하는 예술을
우리를 불편하게 하는 언어를
고통하는 윤리를

사건 하나가 지금까지 공부를 헛공부로 만들 듯
이익은 눈부시게 바뀌고
산술은 도를 넘어 움직인다

용서 갖고는 안 된다
화해 갖고는 안 된다
사죄 갖고는 안 된다

사랑은 멀리 있지 않았다
피가 도는 거리보다 더 가까이
자기기만보다 더 가까이 숨 쉬고 있었다

아름다운 사람

화를 옮기지 않는다
—논어

별거 아닌 일로 딸아이에게 화를 낸다
딸아이에게 화를 내기 전에
이미 배우자한테 화가 나 있다
배우자한테 화를 내기 전에
나 자신한테 화가 나 있다

별거 아닌 일로 학생에게 화를 낸다
학생에게 화를 내기 전에
이미 음악 선생한테 화가 나 있다
음악 선생한테 화를 내기 전에
체육 선생한테 더 화가 나 있다

무엇보다
이웃 주민한테
일가친척한테 단단히 화가 나 있다

옛말에 군자는 화를 옮기지 않는다 했는데
나는 옛날 사람도 아니고

군자는 되고 싶지도 않고
감정 위아래의 사람이어서
무엇보다 지금 이 순간의 사람이어서
피부병 옮기듯
정신병 옮기듯
화를 옮긴다

별거 아닌 일로 화를 내고 동물을 공격하고
별거 아닌 일로 이웃이 되고 원수가 되고
별거 아닌 일로 집안을 거덜 내고
한 나라를 밥 말아먹듯 말아먹는다

마치 분노의 나라에서 지금 막 도착한 사람처럼
쓰레기 투기한 이웃 주민들에게 욕설을 퍼붓고
거들먹거리는 전직 신문기자였던 방송기자에게 재떨이를 날린다
그림을 찢고 악기를 부수고
친구와 결별하고
애인과 나를 말아먹는다
〉

화를 다스리듯이
한 나라를 다스리고
화를 놓아주듯이
사람을 놓아줄 수 있을까

화를 옮기는 사람과 그렇지 않은 사람의 차이는
군자와 친위대원의 차이만큼이나 거대하리라

한순간이다
천지를 다 받아줄 것 같은 사람이
손가락 하나 들이밀 데가 없게 되는 순간이

화의 신통방통함이여
화의 구제불능이여
화를 버리기보다 박살내려는
나한테 지기 어려운 나여

그 사람은 원망하지 않았다
그 사람은 보복하지 않았다

‘나’라는 슬픔

주문한 시집이 오기를 기다리는 마음으로 지낸다
개의 다친 앞다리가 아물기를 기다리며 지낸다
하루하루는 유일무이한 하루하루
어떤 하루도 대체 불가의 일생 같은 하루여서
가 버리면 다시 돌아오지 않는다

평범한 하루여도
저녁엔 저녁의 마음이 있고 아침엔 아침의 몸가짐이 있다

누구나 살러 왔건만 잠시도 쉬지 않고 죽어간다
누군가는 벌써 유일한 시간이 되었고
눈빛은 순환하지 않는다
비슷해 보일지라도 세상에 똑같은 이파리는 없고
사람은 누구나 한 사람이다

눈물의 종류를 보면서
인간의 눈물을 경멸한 적이 있다
저렇게도 우는구나
저렇게 우는 척을 할 수도 있구나 싶어서다

집단 눈물 쇼도 가능하구나 싶어서다

도서관에 가면 세상이 책 읽는 사람들로 이루어진 것 같고
술집에 가면 세상이 술 먹는 사람들로 이루어진 것 같고
병원에 가면 세상이 아픈 사람들로 이루어진 것 같다

절판된 시집이 복간되기를 기다리는 마음으로 지낸다
절단 난 인간관계가 회복 불가인 채 지낸다
잎을 무너뜨리는 십일월의 나무와 함께
유리창에 부딪혀 죽어가는 새의 감기는 눈을 지켜보며 지낸다
그대, 얼마 남지 않았구나
해줄 수 있는 게 없구나

'나'라는 슬픔 바깥으로 나가 보고 싶어서
나를 데리고 간 곳은 '너'라는 낭떠러지
'너'라는 비행기
'너'라는 행성

거기서 인간의 종류가 각양각색이라는 걸 알게 된다

내 밖으로 걸어 나간 눈물처럼
내 피부를 뚫고 들어와 내가 되었던 어느 날의 네 눈물처럼
나를 데리고 나 아닌 곳에 도착한다
먼 이곳에

3부

무한 너머 유한

처럼

베트남전에 참전한 미 해병
방광으로 들어간 거머리처럼
전신 발광하는 육체
벌집 가옥 네 눈빛
압정으로 들어찬
해바라기 네 얼굴 뒤로
유한에 걸려 울부짖는 호랑이의 폐처럼
지뢰밭에 들어선 아무 생각 없는 발목처럼
칠레 산티아고에서였지
진압봉에 뒤통수를 맞고 눈알이 빠져 버린
비명을 다물고 입만 벌리고 있던 소년처럼
북미 아이스하키 리그에서였지
관중석으로 날아든 퍽에 얼굴을 가격당한 소녀처럼
비명을 꿰매고 있는 빗방울 가슴들처럼
빗소리를 긋는 유리창처럼
면도날을 긋는 피처럼
시간을 바닥 치게 하는 시간처럼
화살처럼 쏟아지는 비를 맞고
바늘처럼 퍼붓는 햇살을 꽂고 지내는 돌처럼

화사한 봄날 지축을 흔드는
중대 대대 연대로 밀려드는 몽고군 말발굽 소리에
찌그러지는 심장과 쪼그라드는 뇌 안처럼
사람을 긋는 사람처럼
망가진 나를 조망하는 나처럼
무릎이 저지르고
팔꿈치가 저지른 당신처럼
새끼손가락이 노래하고
엄지발가락이 춤추던 음악처럼
그 겨울 새벽 어린 가슴에 듣던
증조모의 숨넘어가던 소리처럼
식욕과 성욕의 롤러코스터 육체처럼
눈동자나 입술만큼이나
잊기 어려운 그 사람의 손등처럼
묵묵히 손등을 지탱하던 먼 발등처럼
분노를 파묻고 있는 내 입술처럼
정부를 위해 있는 정부와
우군이 누군지 모르는 묻지 마 기계들의 나라와
세습 권력 못지않은 격세 권력과
늘 적에 붙어먹는 남과 북처럼

그걸 뜯어먹는 동과 서처럼
서로 비방하며 기대는 국경처럼
자신이 사는 나라에 뭘 기대하지 않는 사람처럼
늘 삶이 먼저였고, 삶을 구해야했건만
문장이나 만지고 있던 나와
나조차 구하지 못하는 나처럼
끼니처럼 돌아오는 굴욕과
졸음처럼 쏟아지는 애국심과
공권력이 권력 편이라는 걸 다 죽을 때가 돼서도
속거나 겨우 눈치 챈 꼰대들처럼
코에 걸면 코걸이 귀에 걸면 귀고리 법과
유전무죄 무전유죄 고무줄 양형처럼
평생을 까먹으며 일생 동안 끌려가는 피해자들과
그걸 까맣게 모르는 가해자들처럼
동고서저의 백두대간처럼
서고동저의 호치민 루트처럼
피골과 피골 사이에서 우는 아프리카처럼
해골과 해골 사이에서 웃는 아메리카처럼
지구의 악성종양 미국처럼
차기 악성종양 중국처럼

소규모 암덩어리 한국처럼
연대하지 않으면 거들떠보지도 않을 만국의 개털들처럼
노예들의 독창이 합창이 될 때까지 노예들은 노예들이고
합창이 끝나면 도로아미노예인 것처럼
세상은 기어코 바뀌지 않거나 끝끝내 바꾸거나
바꾸려는 자는 지 에미 애비부터 바뀌게 하거나
이 붙어먹고 빨아먹을 생
죽을 듯이 죽일 듯이 빨다가
단맛 빠지면 버리고 버려지는 생처럼
교체되는, 교환되는
메마름과 메마름 사이
눈물과 피눈물 사이
한과 여한 사이
심리전에 실패하고, 실전엔 더욱 실패하고
쉬지 않고 들이닥치는 일상의 유구함과
어김없이 반복되는 생활의 무서움 속에서
오지 말라고 해서 안 올 리가 없는
그렇다고 영영 올 리 없는 미래가
문밖에 와 갖고는
엉기지 마, 달라붙지 마 경고해도

죽을 때까지 살지 않을 삶이 아닌 것처럼
죽을 때까지는 살아가야 하는 삶처럼
가장 무거운 나를 내려놓기가 가장 힘든 것처럼
지 듣고 싶은 말만 들으려 하고
지 하고 싶은 말만 하려는 인간들처럼
그러고도 인생이 모자라는 인간들처럼
죽이지 말라고 해서 안 죽일 인간이 아니고
살지 말라고 해서 안 살 삶이 아니고
오지 말라고 해서 안 올 죽음이 아닌 것처럼
가지 마라 그렇게 당부해도 가니 인간이고
뒤돌아보지 마라 그렇게 경고해도
뒤돌아봐 콘크리트 기둥이 되는 직립 보행들처럼
눈동자까지 올라온 눈물을
둘둘 말아 심장으로 다시 욱여넣는 사내처럼
뒤도 안 돌아보고 가는
그대 어두워지는 저녁 이마처럼
무한대의 어둠을 끌고 지상으로 올라와
결국 굴러떨어지는 그대 불꽃 눈물처럼
더없는 우리들의 구취와 덧없는 우리들의 언약처럼
이번 연애가 가면 오지 않을 이번 여름과

하늘이 펑크나 사흘돌이로 비 쏟아지자
비에 둥둥 불은 돼지가 배 뒤집고 네 발 달린 자동차와
네 발 달린 슬픔으로 둥둥 떠내려갔던 지난여름과
살벌하게 시퍼런 겨울바다보다
빠져 죽고 싶게 아늑한 그 가을하늘과
나흘돌이로 내리 퍼붓는 설설 기는 영동 설국에서
자동차 한 대 다닐 수 없는 도심 대로를 대로행하던 그 겨울과
황금 물들던 은행나무 벤치에서
셔츠가 찢어지도록 입술을 퍼붓던 그 가을밤처럼
허리가 허리를 껴안고 도는
지금껏 볼 수 없었던 그대 마음의 흠집과 낯빛처럼
돌 가슴에 남은 한 점 온기처럼
잎을 떨구고 침묵을 껴입는
안개도시를 헤엄치는 11월의 나무들 물결과
대양으로 입수하며 멈칫 멈칫
지나온 물길들을 너울거리는 하구의 노을과
줄줄이 바다로 끌려들어 가는 전 세계의 강물들과
전 세계의 피로 복용자들과
사소한 나라에서

사소하지 않은 감정으로
사소한 저녁에 입장하는 어둠처럼
일시적이고 덧없는 감정들 속에
누구의 편도 아닌 밤의 등 푸른 빛깔들과
파리하다 못해 푸르기까지 한
야근 끝난 아침 공기처럼
나는 마음을 죄다 그에게 갖다 박았다
그걸 아는지 모르는지 미동도 않던 그의 먼 눈길처럼
타인이라는 국경을 넘나들던 기막힌 밤과
사랑했던 사람에서 원수하는 사람처럼
견뎌야 했던 것은 견딜 수 없는 삶이었다
원하지 않아도 충분히 나쁜 세상처럼
그래도 입맛 다시는 세상처럼
매일 매일이 생존 기념일이고 전생인 하루와
숲의 뿌리까지 쳐들어가던 태풍에 뿌리 뒤집히던 나무들의 이틀과
목까지 들어찬 홍수와 해일을 틀어막으며
비명을 토하던 그 이웃 나무들의 어쩌지 못하던 사흘과
멀고 먼 열흘 무한과
발목 가까이서 보거나 말거나 핀 제비꽃의 봄과

초록에 자리를 내주며 야위어 가는 연두의 어제와
성聖스러운 파도의 리듬과
성星스러운 모래 불꽃과
나뭇잎이 발명하는 바람의 광대뼈와
바다에 빠져 익사 직전인 사람처럼
파고에 허우적거리던 바위섬과
파도 앞에도 파도였고
파도 뒤에도 파도였던
끝나지 않을 것 같았던 파도 많은 바다와
전속력으로 호수 위를 뛰어가는
한 무리의 새들이 선물하는 중력의 그제와
안 가는 데가 없는 누구의 편도 아닌 낮은 물의 그끄저께와
통장 잔고가 바닥 쳤던 날이 별 헤듯 했던 지난날과
시를 잊지 못하는 스물 네 시간과
여전히 시 고픈 사람과
헤일 수 없이 너의 깊은 눈에 별빛조차 검던 일 분과
손 쓸 수 없는 일 초와
넋을 놓게 하는 남태평양과
넋을 잃게 하는 인류와

우유를 엎지르자 실수도 삶의 한 부분이라고
아빠가 그랬죠 선수 치던 어린 딸처럼
말 한 마디 때문에 혈관이 울고
말 한 마디 때문에 창자가 웃는 사람처럼
나는 여럿이다, 감당이 안 되는 나와 나의 나와 겹겹의 나처럼
하지만 나는 다시 혼자로 돌아온다
돌아와 혼자서 혼자를 사랑하듯이 걸어 다닌다
혼자는 내 젊은 날의 이명異名
혼자 아무런 목적 없이 그 도시의
골목골목을 걷는 걸 끔찍이도 아꼈고 사랑했었다
그 도시의 골목길을 그 도시의 혈관을 타고 가듯이 걸어 다녔다
그 거리에서 내 사랑하는 이름 하나 하나를 소환하듯
한 줄 한 줄 글을 쓰고 싶었다
한 음절 속에 들어가 있는
해와 달과 별과 물과 불과 땅과 강과 길과
숲과 눈과 비와 몸과 말과 삶과
두 음절 속에 들어가 있는
지구와 하늘과 바다와 바람과 천둥과 석양과 적요와

노래와

사랑과 미움과 눈물과 마음과 인간과 죽음처럼
나의 전세계全世界가 마치 전세계前世界인 양
손 쓸 새 없이 흘러가 버린다
삶이 너무 빠르다
일 만 년 전 사냥하다 문득 뒤돌아 선
그대 눈빛에 어리는 햇빛의 사연처럼
내가 언제 적 너였는지
내가 언제 적 나였는지
내가 언제 적 우리였는지
우리가 언제 우리였던 적이 있었는지
절벽에 질리는 파도와
파도에 질리는 절벽처럼
절망을 이기는 절망처럼
두려움을 이기는 두려움처럼
낯섦을 이기는 낯섦처럼
고통을 고통하는 고통처럼
어디 가지 않는 내 피처럼
가장 큰 공포는 내가 죽는다는 공포고
그걸 놓아줄 수 있는 것도 내 죽음이듯

악몽을 벗어나려 더 세게 악몽을 껴안고 껴입는 이승처럼
먹음직한 나무들에서 군침 도는
잎과 꽃들이 피어나는 세상처럼
나무들이 발명하는 해마다 다른 잎과 꽃처럼
우주적인 한 사람 한 사람과
먼지적인 한 인간 한 인간과
별의 씨앗이 되는 한 점 시간처럼
이 스산한 유한에도 목숨이 은하처럼 반짝인다
태어나지 않는 게 가장 좋고
태어난 게 그 다음으로 좋은 것처럼
그렇게 말하는 것도 태어난 자의 불굴의 몫인 것처럼
무한 너머 유한으로 살러 온 그대처럼
낯선 행성에 도착해 처음 발 내리는 시선과 호흡처럼

목적지

1

지나간 일은 지나간 일
지나간 일은 지나간 일이지만
지금도 지나가고 있고 앞으로도 지나갈 일
지금 지나가고 있는 일은 지나갈 일이 되고
지나갈 일은 먼 과거의 일
지나간 일은 다시 올 리 없겠건만
현재가 되고 미래가 되어
무한 너머 유한으로
눈앞에 이글거리며
여기로 엄습한다

지나간 일은 지나갈 일
지나간 사람은 지나갈 사람

상처 준 일은 상처 줄 일

지난 상처는 지난 상처지만
지금도 지나가고 있고 앞으로도 지나갈 상처
한 번 상처받은 사람은 평생 상처받을 사람
〉

치유되지 않으리라
사람과 사랑은

2
그가 도착한다면 도착할 것이고
그가 도착한다 해도 도착하지 못할 것이다
그가 받은 상처는 영원히 지연될 것이다
그가 한 사랑은 영원히 지연될 것이다
그가 지금 도착한다면 계속 도착할 것이고
지금 도착한다 해도 끝끝내 도착하지 못할 것이다
끝없이 도착할 수 없는 현재처럼
끝없이 지연되는 지금 이 순간처럼
과거와 미래 중 어느 쪽이 더 지연되는가

극복할 수 없으리라
과거와 현재와 미래는
고통과 슬픔과 허무는

그는 영원히 죽음에 도착할 수 없고

사실과 현실과 진실의 삼자대면 속에
그는 영원히 시간에 도착할 수 없고
영원히 삶에 도착할 수 없고

미래는 오지 않을 것이기에
미래는 끝끝내 지연될 것이기에
구원은 죽을 때가 되어서야
얼굴을 드러낼 것이다
죽을 때가 되어서도 드러내지 않을 것이다

삶에 있을 때
삶이 있을 때
영원불멸이 도착한다

되찾을 수 없는 네 목소리가 도착한다

미美

삶이
한 번뿐이듯

죽음도 한 번뿐이다

단 한 번 태어난 죽음,
그리워하고 기릴 일이다

연못에서는
잉어가
수면을 깨며
날개를 젓는다

여름이 가고 있다

4부

옆구리만큼 가까이 있었다

시 읽는 밤

부질없는 밤이다
부질없는 말의 밤이다

첫 줄을 어떻게 읽는담
아직도 도착하지 않는 첫 줄을
먼 이곳을
결국 도착하지 않을
없는 첫 줄을

첫 줄만 읽으면 되겠는데
첫 줄이 오지 않는다
첫 줄의 호흡곤란
첫 줄의 생사불명

아닌 건 아닌 것이다
시라는 이름으로 아무리 덮어써도

정말이지 그건 아무것도 아닌 것이다
시라는 장막 뒤로 숨어도
〉

시라는 이름의 영토는 넓고도 드넓어
그 많은 시들을 읽을 수 없고

넘겨 버리고 넘겨 버리고
던져 버리고 던져 버리고
그러다 필사해 가며 읽는 시를 얻는다
중얼거리며 걷는 시를 갖는다

없어 못 파는 세상이 아니다
남아도는 세상이다

그나저나 첫 줄을 어떻게 읽는담
영영 오지 않을 것 같은 첫 줄을
지금껏 없던 첫 줄을
아무도 가본 적 없는
지금 막 당도하는 첫 줄을
끝끝내 오지 않을
먼 이 사람을

첫 줄만 쓰면 되겠는데

아직도 출발하지 않는 첫 줄을
어떻게 쓴담

덧없는 밤이다
덧없는 언어의 밤이다

시를 읽으려 시를 읽는 밤이다
시를 읽지 않으려 시를 읽는 밤이다

한 줄을 쓰는 사람

첫 한 줄을 쓰기가 어려웠죠
마지막 한 줄도 그랬지만

야구 경기가 너무 재미있었죠
나무 위에 올라가 본 세상의 처음같이

권투 경기가 흥미진진했었죠
파도에 연신 두들겨 맞는 해안 바위같이

말도 마세요, 바둑은
한 수, 한 수 명암의 연속

그러던 어느 날 시를 끄적거리기 시작했죠
시이를

이렇게 오래갈 줄 몰랐어요
이렇게 무용지물에 매달리게 될 줄은
해와 달과 별까지 몰랐어요

야구공을 던지고 배트를 휘두르고

권투글러브를 좋아하던 손으로
시를 적기 시작했죠
기보棋譜를 따라가던 눈으로

한 줄
다시 한 줄
첫 줄
다시 첫 줄을
첫 줄만 나오는 시를
걸어가고 싶어 했죠

이변이었죠
이 삶에서는

파란이었죠
이번 생에서는

한 줄만 쓰면 되었지만
한 줄을 쓰기 어려웠죠
〉

먼 과거로부터
먼 미래로부터

빛을 쓰는 일
어둠 하는 일

견딜 수 없는 시간에
평생 견딜 감정 하나를 업고
지금 이 순간을 지나가요

다음 순간이란 없지요
늘 첫 순간이지요

1분 후의 세계

사람 만나는 게 돌 만나는 것보다 흥미 없어
젊은 시인들 시를 읽네

돌에는 무늬라도 있지
천 년 물결 기억 무늬
천 년 어둠 추억 무늬

그렇다고 나는 돌 수집가가 아니라네

사람들 만나는 게 커피 만나는 것보다 깊이 없어
젊은 시인들 시집을 밤늦도록 읽네

거기엔
하나 마나 한
제자리높이뛰기 말들이
헛바퀴 돌기도 하지만
초유의 목소리가
피부를 뚫고 들어와 피와 함께 돌기도 하네

가장 좋은 시는

지금 쓰고 있는 시

가장 나쁜 시도
지금 쓰고 있는 시

지금 이 순간의 나를 내가 모르듯이
오늘의 삶은 오늘도 모르고
내일의 시는 내일도 모른다

보이는 풍경 너머
보는 풍경
더 멀리
끝끝내 안 보이는 풍경 앞에서

다음이 없는 만남이
가장 좋은 만남이라는 것을 두고두고 모르는
이번 만남처럼

1분 후의 세계가 어떻게 변할지
3분 후의 내가 어떻게 돌변할지

1시간 후의 저 자두나무가 어떻게 춤출지 아무도 모르듯

내 안으로 들어가는 데만도 일생이 걸리고
내 밖으로 들어가는 데 또 일생이 걸리고
그렇게 나는 너를 지나가고
그렇게 우리는 서로를 나 몰라라 하네

매일 초면인 해와 달
매일 창세기인 바닷가
매일 새로운 파도
매일 다른 바다

초록 잎사귀는 다 다른 초록 잎사귀
빨간 앵두는 제각각 빨간 앵두
눈물은 제각각 명암 눈물

여벌이 없는 생사처럼
인생은 한 번조차도 많다

1분이면 과분한가

헛살았다는 것을 알기까지는

1분이면 부족한가
삶의 경이까지는

내가 알고 있는 건
내가 알고 있는 게 거의 없다는 것을 겨우 아는 것

아무리 멀리 가도
발바닥에 닿는 것들을 노래하고
머리카락에 연결된 것들을 상상한다

천 년 전처럼
모르는 1분 후의 세계

인간을 말하되
인간만 말하지 않는다

여름밤

열대야에 가만히 물어본다
너는 무엇을 원하느냐
너는 무엇을 사랑하느냐
선풍기도 에어컨도 없이 한여름을 나고 있는
지난해마냥 부채에 의지해 이 여름을 나려는 납량 엽기 가족이여
그 가족 중에
바람 한 점 없는 열기 속에 시를 추구하는 자가 있다
불굴의 시를 원하는 자가 있다
팔꿈치에 괴는 땀을 훔치며
날벌레들의 난무를 조용히 지켜보며
바람 한 점 없는 열기를 지키는 일이 사치라는 것을
고압의 비애라는 것을
고장 난 사람의 짓이라는 것을
사랑의 절정에서 사랑한다고 말할 때처럼 덧없는 짓이라는 것을
부질없는 짓이라는 것을
허망한 짓이라는 것을
시로 말해지지 않는 짓이라는 것을
그러면서 이 세상에 따스하거나 더운 정신이란 말이 없듯이

땀에 전 러닝셔츠에게 말하듯이 또 물어본다
열대지방에 사는 사람들에게도 시가 필요할까
시로서 염원할 그 무엇이 있을까
등줄기에 줄줄 땀이 채고
몸 닿는 곳마다 짜증스런 밤에 시를 쓰겠다고 덤비는 사람이
그 어느 시절 승부욕에 휩싸여 적개심과 위악을 감행하고
울분깨나 쏟아붓던 악동이었다는 것을 떠올려 본다
2등은 이미 진 거라며 혈서를 쓰기도 했던 사람은
어쩌다 시詩 하는 사람이 되어 있다
지고는 못 배기는 사람이 자주 지는 사람이 되어 있고
자신조차 구할 수 없는 사람이 되어 있다
열대야에 조용히 물어본다
너는 무엇을 소원하느냐
자신이 태어난 곳에서 북쪽으로 2백 킬로미터도 갈 수 없는 나라에서
남북으로 찢기고
동서로 갈리고
신분과 계급으로 똘똘 뭉친 나라에서 너는 무엇을 바라느냐

이 바닥에서 놀다 보면

바닥이 꺼지는 날이 온다
다 깨지고 비늘을 훌훌 터는 날이 온다
공적으로 뻔뻔한 날이 오고
사적으로 뻔한 날이 온다
아무리 닦고 조이고 기름 쳐도
몸이 기억하는 기억을 마음이 무서워하는 날이 온다
어제를 찢듯 오늘의 나와 결별해도
어떤 날은 분노 조절이 안 되고
어떤 하루는 세상에서 제외된 사람처럼 하루를 즐겼고
어떤 달은 시를 쓰면 쓸수록
자꾸 더 쓰고 싶어졌고
어떤 해는 사랑을 하면 할수록
자꾸 더 하고 싶어졌다
어떤 주일은 날지 않고 알아서 기고
어떤 하루는 네 목소리 속으로 들어가
네 눈빛을 네 심장이 올려 보낸 음악인 양 듣다가 왔었다
그러다가도 싫을 땐 인간처럼 싫은 게 없었고
인간이 싫을 땐 손톱 발톱
그가 지나다니는 거리까지 싫었다
인간이 싫은 병이 병명이었고

인간을 구하는 특효약도 인간이었다
어떤 날은 망상을 하면 할수록
자꾸 과대망상이 더 하고 싶어졌고
망상을 꼬리 자르려 하면 할수록
피해망상이 더 극성을 부렸다
죽기 전에 죽는 사태가 벌어졌던
나는 금 가고 깨지고 부서지고
지병인 읽기와 쓰기와 함께
거의 맛이 가기도 했던 사람
민폐와 작폐와 자폐였던 사람
그러던 어느 해 사월, 신부와 결혼을 떠나자
내가 나를 감당 못 하는 날들이 펼쳐지듯 덮쳤고
두 개의 갈등이 헤엄치며 따라왔고
금이네 옥이네 고통이 추가되었다
결혼은 일대 사건이 아니고 절대 생활이 되었다
고통을 먹고 입고 업어야 했다
이 바닥에서 바닥을 뒹굴다 보면
혼자 잘 노는 게 이 바닥은 아니어서
자신을 망가뜨리고 웃는 시간에 우는 제 그림자를 모르듯
어떤 저녁엔 피로가 쌓일수록 더 집에 가기 싫었고

내일이 없이 마시다 내일을 날릴 뻔했고
허리 굵어진 갈등과
속고 또 속았다는 환멸과 알아서 속아 줬다는 자멸 속에
늙기 전에 낡아 버린 우리들의 눈빛과 마주쳐야 했다
삶이 깨졌고, 삶에서 깨졌고, 삶에서 깨어나야 했다
일상을 구해야 했고
일상의 한도를 구해야 했고
일상의 무한을 구현해야 했다
이 바닥에서 바닥을 치다 보면
남들이 보지 않는 곳에서 애도하게 되고
억울한 자들이 1킬로미터마다 줄 서 있다는 걸 아는 날이 온다
사교계에 나가 애써 웃음을 만들지 않아도 되고
한칼에 모가지가 날아가고
한칼에 목을 베야 하는 날이 온다
타인이 타인을 발명해야 하는 날이 온다
이 놀라운 세상에서 놀라울 게 없다는 듯
살고 있는 내가 더 놀라운 날이 온다

거기에 순간이 있었다

어떤 순간?

두 번이 아니기에
두 번째 순간이 아니기에

다시 돌아오지 않을 사람처럼 가 버리는 당신이나
그걸 무슨 사자 코밑 스치고 지나가는 바람 대하듯 하는 나나

신발을 갈아타고
도로를 갈아 신고
구름바다 멀리 떠가는 돌개 비행기들의 순간이 있었다

오직 지금 이 순간이기에
첫 순간만 있기에

사람만 한 짐승의
짐승만 한 인간의

덧없는 육욕과 더없는 식욕의
〉

고통을 핥는 이 하루와
상처를 빠는 저 이틀을

꿀 없는 꿀배처럼
꿀 없는 꿀참외처럼

승리의 허무와
패배의 열기 속에

세상에 남은 한 점 물기와
물기도 없는 한 점 세상처럼

우리가 한 말은 우리의 지옥이었고
우리가 한 행동은 우리의 내면이었다

순간이 순간에 있었다

어떤 순간?

비 내리는 가슴과

비를 파고 들어가는 가슴의

인간이 되다 만 봄바람과
봄바람이 되다 만 11월 비의

사람이 되다 만 돌과
눈물이 되다 만 모래의

피 저린 추억이나 뼈 갈린 기억이 아니라면
비와 눈보라를 겪고 있는 대지가 아니라면
바다를 겪고 있는 하늘바다가 아니라면

시선 둘 곳 없는 심장과
심장 둘 곳 없는 시선의

하루아침에 외국인인 양
섬처럼 떠 있는 이웃들과
상처를 키우고 갈등을 연마하는 순간에 있었다

아무리 멀리 날아도 내 발바닥 밑을 벗어날 수 없었고

아무리 멀리 도약해도 내 머리카락 위와 동떨어질 수 없었고
그대 눈빛 근처 아니면 목소리 가까이 있었다
내 이빨 사이에 낀 음식물 근처 아니면 쳐들어오는 졸음 밑에 있었다

무한이나 우주라는 이름 속에 있지 않았다

피와 뼈 같은
유한과 일상 속에
지금 이 순간에 있었다

몸 하는 사람이여
마음 하는 동물이여

구차하다
말 하는 짐승이여

영원이나 불멸 속에 있지 않았다
모든 순간이 순간에 있었다

비 내리는 세계

비 내리는 소리 듣는다
오늘은 세계 중에서 비 맞는 소리의 세계
어둠 속에서 비 내리는 소리를 읽는다
비를 적시며 내리는 빗소리의 세계
비 내리는 소리를 적시는 나의 메마른 세계
마침내 비 맞는 소리 하나 하나까지 다 받아 적는
비의 공동체
적시는 세계와 젖는 세계가
오늘밤 다 젖거나 더 젖을 수 없을 때까지
갖가지 부서지는 빗소리에 젖을 테지
비에 얻어맞는 갖가지 세계가 소리칠 테지
내 감정과 아무 상관없는 비가
주룩주룩 밤의 심부를 날아
세계의 감정에 숱한 금을 그으며 내릴 테지
빗소리의 세계 위에서 더욱 활발해지는
내리는 비가
내린 비 위에서
내릴 비 밑으로 내리며
강약과 증폭을 오가는 사이
어둠 속 나와 너의 물결은 더욱 물결쳐 밤을 이루고

파도의 숨 토하는 소리가
밤새 해변을 공략할 때
우리의 감정과 아무 상관없이
모든 빗소리를 적시며 내리는 비
단조롭다면 단조롭고
다채롭다면 다채로운 비의 밤에
심장을 파고드는 빗소리를 듣는다
수동적으로 들리던 빗소리를 능동적으로 듣는다
갖은 빗소리를 방열하며 내리는 비의 연대 속에
드러머도 저런 드러머는 없을 테지
내리는 세계에서
맞이하고 두들겨 맞는 세계
젖고
젖고
젖고
또 젖으며
내 열혈 감정을 휘휘 휘저으며
비 맞는 밤의 세계
더 격렬하게 쓸쓸과 적조는 요동치고
듣는 세계에서 두드리는 세계로 삶이 이동한다

어둠 속에서
이제 그만이래도
이제 그만 누우래도
빗소리를 껴안고 내리는 비의 세계

눈 내리는 세계

눈 내리는 날 아직도 시퍼런 그대 생각
어둠이 쌓이듯 눈이 내려 쌓이는데
뭐 하다 다시 12월인지
11월 비는 12월 눈이 되어 내리고
지척의 우르릉거리는 동해 파도는
밤을 밟고 눈발을 파헤치며 공중을 건너온다
이런 밤을 견디는 데도 도가 텄다지만
약이 안 되는 세월이 있고
이렇게 펑펑 눈이 빛 가득 뇌 가득 쏟아져 내리면
마음 한쪽에 놓아둔 그대 빈자리에도
송곳 디밀 곳 없이 흰 눈이 내려 설국을 이룬다
여러 사람이 떠나가고 새로운 사람이 나타나
인연이 되기도 하고 연인이 되기도 하는 세계에
이렇게 밤새도록 내리는 눈밖에 없을 것 같은 세상에
소나무들의 척추 무너지는 소리도 심심치 않게 밤을 건너온다
눈 내리는 세계는 눈 맞는 세계고
너는 지금 뭐 할까 생각 젖는 세계지만
덮고 덮이고 덮는 세계지만
면역이 안 되는 쓸쓸함과 외로움마냥

눈 내리는 감정은
눈 내리는 세계의 감정이기도 해서
눈 내리는 세계는 눈 내리는 밤을 지키는 사람의 세계고
이젠 함부로 그립지 않다고 생각하는 중에도
오늘밤에는 오늘밤 이상의 눈이 내리고
오늘밤과 연결된 모든 밤이 눈 맞고
이렇게 펄펄 눈 펄럭이는 밤이면 여기에 없는 한 사람을
흰 어둠의 끄트머리로 끌어들여
그 생김 생김을 훑어가기도 하고
핥아 가기도 하는구나
이런 날은 문장조차 습설을 적는구나
눈은 내리고
눈발은 묵성이고
눈 내리는 세계는 세계를 접수하는 흰 세계
눈 내리는 밤 아직도 날이 서 있는 그대 생각
희게 희게 어둠 희게 눈은 내리고
내려도 내려도 덮이지 않는 사람 생각은
세상을 덮듯 내린다

쓸쓸함에 대하여

비늘 없는 오징어나 문어로 끓인 김치찌개 맛 아시나요. 언제였더라. 동해에서 건져 올린 무장공비의 시체에는 문어 떼의 식사가 한창이었다. 육욕의 신비랄까. 망각이, 밥맛 떨어지는 기억의 시체를 뼈만 남은 식탁으로 데려가는 덴 그리 오랜 시간이 걸리지 않았다. 품위를 위해 헌신하는 내장을 들춰 보면 식욕과 성욕 때문에 다투는 아귀들의 우글거리는 비애, 뇌수까지 부글거린다. 아무리 의젓한 육체도 기실 시간의 전당포에 맡겨진 더없이 쓸쓸한 약속이기 때문이다.

그리하여 어느덧 우리는

이제 세상에 없는 사람들은
앞으로도 계속해서 세상에 없을 것이며
지금 세상에 있는 사람들은
앞으로도 계속해서 세상에 있을 수 없으므로
태어나는 순간이 죽음에 입장하는 순간이고
매순간이 사라지는 삶의 순간이고 환원 불가 현재의 순간이므로
어느 순간 막다른 존재가 엄연한 부재를 알아본 저녁
엄연한 부재는 도리어 막다른 존재가 되어
우리들 생의 어두운 얼굴을 심장부터 끌어올릴 것입니다
우리들 가물거리는 이름을 입술까지 들어 올릴 것입니다
당신의 오래 남은 목소리가 빛이 되어 날아갑니다
당신의 못다 한 숨소리가 시간이 되어 날아옵니다
그리하여 어느덧 우리들 세상에 있는 사람들은
섬광처럼 우리들 세상에 없는 사람들이며
마침내 세상에 없는 사람들은 빗방울처럼
문득 세상에 있는 사람들일 것입니다

나는 나의 한계며
나는 나의 언어다

그 모든 서광과 암흑에도
삶은 지금부터였다

해설

불화(不和)의 시학

고봉준(문학평론가 • 경희대 교수)

*

박용하는 불화(不和)의 시인이다. 첫 시집 『나무들은 폭포처럼 타오른다』에서 시인은 자신의 시 쓰기가 "마음에 들지 않는 세계를 전복시키고자 하는 (…중략…) 그 부패한 중심을 뒤흔들어 변환시키려는" 욕망에서 출발한다고 선언했다. 그런데 이 불화(不和)는 세계 그 자체에 대한 부정, 즉 초월적 세계에 대한 갈망이 아니라 특정한 세계에 대한 거부, '1990년대'와 '서울'이라는 기호가 상징하는 속물적•자본주의적 욕망에 대한 저항으로 읽어야 한다. 시인은 자신을 둘러싼 현실, 그 세계의 천박한 질서를 수락하기를 거부하면서 "할 수만 있다면 〈가스〉와 〈집

단 이기심〉이 가득 들어찬 지구를 〈무위〉의, 〈초록의 광기〉로 전복시키고 싶다."라는 욕망의 방향을 분명히 제시했다. 그의 불화는 자본주의적 현실 법칙과 그것의 내면화를 거부하는 '나'의 윤리와의 불일치에서 비롯된다고 말할 수 있다.

박용하의 시에서 불화는 두 세계 간의 충돌로 가시화되기도 한다. 이는 시인이 지금-이곳의 타락한 현실, 그리고 자신이 떠나온, 하지만 결코 돌아갈 수 없는 실존의 세계를 마음속에 품고 살아가기 때문에 발생하는 불화이다. 박용하의 시에는 두 개의 갈등하는 '세계'가 함께 등장한다. 첫 번째 세계는 바다, 파도, 나무 같은 자연적 대상들이 유년의 화자를 둘러싸고 있는 형상이다. 시인은 이 세계를 "내 삶의 요람"(1:128)[1]이라고 주장하는가 하면, 그 세계로 향하는 "바다로 가는 길"에 "가장 낮은 천국으로 가는 첫 번째 길이라고 이름"(2:85)을 붙이기도 한다. 다른 하나의 세계는 성인이 된 시인이 맞닥뜨려야 했던 세계, 이른바 '1990년대'와 '서울'로 표상되는 자본주의적 욕망이 지배하는 세속도시이다. 이 무렵 시인은 '서울'에서 생활하면서 자신을 "나는 세계가 너무 텅 비어 있다고 느끼는 자"(1:18)라고, 자신이 머물고 있는 공간을 "세상은 살기(殺氣) 있는 조금 큰방"(1:34), "폐허의 유적"과

1 이 글에서 괄호 속의 숫자는 각각 시집과 페이지이다. 1은 『나무들은 폭포처럼 타오른다』(세계사, 1995), 2는 『바다로 가는 서른세번째 길』(1995, 문학과지성사), 3은 『영혼의 북쪽』(문학과지성사, 1999), 4는 『견자』(열림원, 2007), 5는 『한 남자』(시로여는세상, 2012)를 의미한다.

"타락한 도시"(1:36)라고, 자신이 살고 있는 시대를 "악이 최고 수위에 다다른 시대"(1:88)라고 표현했다. "동해안 파도만이 내 행복한 요람의, 영하 사십 도의 벙커였으니 / 이제 어디에서 내 잠들은 검은 울음 우는 / 대지의 한 곳에 깃들일까"(1:88)라는 진술처럼, 시인은 자신의 삶이 벗어나기 어려운 함정에 빠졌다고 느낄 때마다 '요람'을 갈망하지만 매번 "우리가 도망갈 곳은 먼지 아니면 / 자본밖에 없"(1:96)다는 뼈아픈 인식으로 되돌아온다. 박용하의 시에서 그 세계로의 귀환은 영원히 유예될 수밖에 없다. 세 번째 시집 『영혼의 북쪽』에서 시인은 이 '요람'의 원초적 세계에 '북쪽'이라는 방향성을 부여하기도 했는데, "내가 북쪽으로 간다고 했을 때 그것은 추억에 닿으려는 연어가 밴쿠버로 간다는 말과 같다."(3:59)라는 진술처럼 '요람'에 도달하려는 욕망의 또 다른 표현으로 읽을 수 있다. '7번 국도'가 "영혼의 도로"(3:45)가 되는 까닭도 여기 있다. 박용하의 초기작들은 "눈부신 지옥"(2:26)의 상태에 직면하여 세기말을 견뎌야 했던 한 개인의 황폐한 내면을 그로테스크한 이미지로 표현하는 데 집중했다. "서울에서의 삶은 / 더 이상 망할 게 없는 / 망해도 그만인 / 비 흩어지는 생의 저녁 같다"(2:28)라는 감각은 얼마나 처연한가.

*

다섯 권의 시집을 출간하는 동안 시인은 강릉에서 서울로, 다시 경기도 양평 등지로 삶의 거처를 옮겨 다녔다. 박용하의 시에 등장하는 '강릉'과 '서울'이 그렇듯이, 인간의 세계 경험은 삶의 공간, 현존의 세계와 밀접하게 연결되어 있다. 이는 우리가 어디에서 어떤 방식으로 살아가느냐에 따라 '세계'에 대한 경험적 인식이 달라진다는 것을 의미한다. 사정이 이러하다면 이들 공간의 변화와 시의 변화를 나란하게 놓고 읽는 것도 불가능하지는 않을 것이다. 이 변화의 구체적 양상을 여기에서 살필 수는 없지만, 한동안 시인의 시들이 짧아지는 경향을 보이다가 다시 길어진 것, 그 단형(單形)에로의 변화가 아포리즘이 그러하듯이 삶의 구체적 맥락보다는 순간적인 인식의 깊이에서 기원한 것임은 분명해 보인다. 그렇다면 세계와의 불화는 어떻게 되었을까?

이 질문에 대해서라면 박용하의 이번 시집은 변화보다는 지속에 더 가깝다고 말해야 할 듯하다. '격렬한 유한'이라는 시집의 표제가 암시하듯이 시인에게 삶은 격렬한 순간, 그러니까 불화의 연속이다. 이전에 비해 어조는 낮고 부드러워졌으나 여전히 그는 세계에 대해 강한 거부의 몸짓을 유지하고 있다. 그에게 세계는 "그 순진무구 소년들은 다 어디로 멸망해 버린 것이며 / 그 천진무구 소녀들은 다 어디로 증발해 버린 것일까", "우리는 투표기계인가 / 우리는 정신노예인가"(「질문」), "우리는 망각의 특수부대원들 / 우리는 편파기억의 친위대원들 // 우리 시대는 / 버리기 전에 버려지고 / 죽기 전에 죽고 / 잊기 전에 잊힌다"(「거들떠보지 않는 죽음」) 등처럼 옹호해야 할 가치가 존재하지 않는 "충분히 나쁜 세상"(「처럼」)이다. 거짓, 폭력, 위선 등 시인에게 이 나쁨의 층위는 다양하다. 「기시감旣視感」에서 시인은 그것을 "어딜 가나 폭력 / 어딜 가나 가정폭력 / 어딜 가나 성폭력 / 어딜 가나 학교 폭력 / 어딜 가나 직장 폭력 / 어딜 가나 국가 폭력 / 어딜 가나 공포의 짝짓기 / 어딜 가나 광적인 편 가르기와 열광적인 성차별 / 어딜 가나 공사판 / 어딜 가나 노름판 / 어딜 가나 식은땀과 피 웃음 / 어딜 가나 큰 거짓말과 새끼 거짓말들 / 어딜 가나 돈 폭력 / 어딜 가나 '나'라는 폭력 / 어딜 가나 폭력 인류 / 어딜 가나 폭력의 고향"처럼 '폭력'이라는 이름으로 제시하고 있다. 그런데 이때의 '폭력'은 가시적인 스펙터클만이 아니라 '짝짓기'와 '편 가르기'처럼 집단[衆]의 논리를 내세워 개인을 억압하는 미시적이고 비가시적인 일체의 권력을 포괄한다. 요컨대 시인은 개인의 삶, 생각, 행동을 억압하는 것을 '폭력'으로 규정한다. 여기에서 '폭력'보다 더 중요한 것은 "어딜 가나 / 졸렬과 옹졸과 비겁과 양심불량 / 어딜 가나 말의 타락 / 어딜 가나 언어의 부패 / 어딜 가나 무관심과 외면 / 어딜 가나 이익과 계산"(「기시감旣視感」)처럼 그것에 '외부'가 존재하지 않는다는 인식이다. 시인에게 '폭력'은 특정한 공간, 즉 예외적 현상이 아니라 "어딜 가나" 경험하게 되는 것이고, 그런 한에서 '폭력'은 시인의 세계 경험을 규정하는 근본적인 조건이다. 이는 '서울'을 떠나 '양평'으로 거처를 옮긴다고 폭력에서 벗어날 수 있는 것이 아니라는 의미를 함축하고 있다. "증오는 녹슬지 않고 / 복수는 용서보다 힘이 세고"(「나에게」)라는 표현처럼 그가 여전히 세계에 대한 '증오'의 감정을 내려놓지 못하는 이유도 여기에 있다.

우리는 관계없는 관계였다
내가 너를 지나가듯이 너는 나를 미끄러져 갔다
얼음과 절벽의 만남
잘 지나가고 잘 미끄러지는 묘기
이 거리에서
이 눈빛 찌르는 거리에서
이 싸움 같지 않은 싸움의 거리에서
어제를 지켜볼 수 없게 우리는 사라져 갔다
이 그림자 없는 거리에서 깊이는 죄악이었고
사랑의 깊이는 최악이었다
헛된 시간을 지나가는 유령들의 화장술 속에서
이 사람 많은 거리에서 그 무엇도 아닌 사람이 그리웠다
우리는 물건이 아니었음에도 물건같이 돼 버렸다

그렇더라도 피로와 함께 야밤으로 퇴근하고
이 비루한 거리로 아침과 함께 쫓기듯 돌아와
내 사랑의 야윈 그림자를 안을 것이다
내 사랑의 투철한 결핍을 업을 것이다
이 거리에서
이 배제의 거리에서
이 차별의 거리에서
너의 얼룩진 숨소리를 듣는 사람이 있다
너의 잿빛 숨소리를 밟고 가는 사람이 있다
이 세상 어디를 가든, 어디에 속하든, 무수한 그대 눈빛 그림자
이 거리는 무수한 너의 거리
너는 무수한 나였다
이 이익의 거리에서
이 영업 비밀의 거리에서
말이 허망한 세상이라 해도
사람들 속에서 언어를 구할 것이다
괴로워도 여기서 이 순간들의 횡단 속에서
물결치는 호흡과 내뿜는 시선들 속에서 노래를 구할 것이다
—「이 그림자 없는 거리에서」 전문

박용하에게 '세계'는 부재(不在)의 공간이다. 무(無), 거짓(말), 슬픔, 실패, 죽음 등 박용하의 시집에는 시인이 긍정할 수 있는 가치가 등장하지 않는다. 물론 이 부재를 몰

가치로 읽어선 안 된다. 그의 시에서 '부재'는 가치의 결핍을 지시한다. 현실 세계에는 그가 지향하는 가치가 존재하지 않는 것이다. 위의 시에서 시인은 이 부재의 리스트에 또 하나의 항목을 추가한다. '그림자'가 바로 그것이다. "이 그림자 없는 거리에서 깊이는 죄악이었고 / 사랑의 깊이는 최악이었다"라는 진술처럼 그림자의 부재는 깊이가 없다는 것이니, 만일 깊이의 부재가 시대정신인 세상이라면 그것을 추구하는 일은 '죄'라고 말하지 않을 수 없는 것이다. 물론 이 세계에도 '인간'은 존재한다. 하지만 "사람이 그리웠다 / 우리는 물건이 아니었음에도 물건같이 돼 버렸다"라는 인식에서 드러나듯이 깊이가 부재하는 세계에서 '인간'과 '물건'의 경계는 흐릿해진다. 시인은 '사람'과 '그림자'가 존재하지 않는 세계를 '배제'와 '차별', "유령들의 화장술"과 "이익"과 "영업비밀" 등이 점령하고 있다고 고발한다. 따라서 이 세계에서 인간의 관계는 '영업'이나 '이익' 같은 경제적인 욕망에 의해 매개된 관계, 한 마디로 "관계없는 관계"와 다르지 않다.

이것만이 아니다. "오랜만에 오는 전화 속에는 설렘이 없다"(「구름이 낮아 보이는 까닭」)라는 진술처럼 오랜만에 걸려 온 전화의 대부분은 "혹시 돈 가진 거 없냐"는 식의 계산을 숨긴 안부 전화인 경우가 많고, "편은 우스꽝스럽습니다 / 편은 섬뜩합니다"(「편」), "왜 무늬만 관계고 말로만 공생인가"(「질문」)처럼 사람의 마음은 공동체 바깥에서 이주한 사람에 대해 공공연하게 배타적 감정을 드러내기 일쑤이다. 그가 산문집에서 썼듯이 - "한국 사회는 냉혈 사회고 돈밖에 모르는 사회다. 시민 사회 이전의 사회고 이웃이 외국인이고 이웃집이 타국인 사회다."(『오빈리 일기』) - 자본주의의 논리를 내면화하고 살아가는 사람들에게 '타인'은 이해관계의 대상, 그 이상의 의미로 인식되지 않는다. 이것이 바로 이 세계에서는 "이웃집은 있어도 이웃은 없다"(5:72)라고 주장할 수 있는 근거이다. 시인이 시집 전체에 걸쳐 "인간이 싫은 날"(「인간이 싫은 날」)이라고 강조하는 이유도 이 때문이다.

*

이 행성에는 70억의 인종이 있습니다
방관하거나
외면하거나
무관심하거나
타락하거나
나는 폭력의 희생자이기 전에 가담자인 겁니다

우리는 폭력의 공동체에 삽니다
우리는 범죄의 공동체에 삽니다

그러니 제발 그냥 죽지 마십시오!

한 번 폭력 당한 사람은
평생 폭력 당하는 사람입니다
—「폭력」 부분

앞에서 살폈듯이 박용하의 시편들은 가치의 전도, 즉 자본주의적 이해관계와 '돈'에 대한 욕망이 지배하는 세계, 경제적 이익을 위해서라면 서슴지 않고 인간을 '물건'처럼 취급하는 현실 법칙, 온갖 폭력이 난무하는 현실을 비판하고 있다. 그런데 이런 비판적 목소리에서 우리가 읽어야 할 것은 세상에 대한 비판적인 태도만이 아니다. "나는 폭력의 희생자이기 전에 가담자인 겁니다"라는 진술처럼 시인은 자신 또한 세계에 존재하는 폭력의 책임에서 자유롭지 않음을 안다. 사실 세상이나 타인을 비판하는 일은 쉽다. 문제는 이러한 비판의 대부분이 정당하면서도 동시에 유아론적인 인식으로 귀결된다는 데 있다. 왜냐하면 이런 비판에서 사람들은 대개 자신을 그 폭력의 바깥에 놓는 경향이 있기 때문이다. '선한 나'와 '악한 타인', '선한 나'와 '악한 세계'라는 대립 구도가 그것이다. 하지만 초월적 위치에 자신을 놓으려는, 즉 비판적인 인식의 구도를 '순진무구한 나'와 '속물적인 타인'의 관계로 설정하는 순간 우리는 타인에 대해 도덕적인 우위를 확인하려는 나르시시즘으로 떨어지기 쉽다. 그러므로 '나'의 삶과 행동을 포함시키지 않는 세계/현실 비판은 기만적일 가능성이 농후하다. 박용하 시의 미덕은 부정적 현실에 '나'를 포함시킴으로써 비판을 자기 삶에 대한 성찰적 에너지로 전유한다는 데 있다. 가령 "인간이 싫은 날입니다 / 그렇다고 내가 맘에 드는 것도 아닙니다"(「인간이 싫은 날」), "아직도 안 되는 듣기"(「비판받을 권리」) 같은 구절이 대표적이다. 이런 이유에서 그의 '우리'에는 외부가 존재하지 않는다고 말할 수 있다. 물론 그가 '편'이나 "이웃이라는 이름의 가면"(「인간이 싫은 날」)이라는 말로 지시하는 '우리'와 '나'를 포함한, 외부가 존재하지 않는 '우리'는 분명히 다르다. 일반적으로 사람들은 '공동체'에 긍정적인 가치를 부여함으로써 '우리'라는 단어를 긍정적으로 의미화하는 경향이 있지만, "우리는 폭력의 공동체에 삽니다 / 우리는 범죄의 공동체에 삽니다"라는 표현처럼 시인은 '우리'를 이 세상에서 발생한 범죄와 폭력의 공동책임자로 지목한다. 물론 이러한 비판을 반인간주의적인 태도라고 해석할 필요는 없을 듯하다. 시인은 인간에게서 상처를 받을 때마다 "인간이 싫은 병"에 걸렸다고 낙담하지만, 결국 "인간을 구하는 특효약도 인간이었다"(「이 바닥에서 놀다 보면」)라는 말처럼 그 질병의 치료제 또한 인간임을 인정한다. 이번 시집에 수록된 '나'에 관한 작품들이 깊은 울림을 주는 이유가 여기 있다.

그림자하고 있어도 부끄러운 것은 부끄러운 것
표정 관리하고 있어도 욕보인 것은 욕보인 것

하루도 잊지 않고 죽음이 다가오듯이
하루도 잊지 않고 죽음에 다가가듯이
말과 글이 일생을 따라다닌다
그날 밤 사소한 태도 하나조차도 따라다닌다

증오는 녹슬지 않고
복수는 용서보다 힘이 세고

일생을 걸어도 바뀌지 않을 나와
일생을 걸고 바꿔 가야 할 내가
식탁과 침대를 오가고
햇빛과 달빛을 오간다

내가 죽어야 바뀔 내가
어김없이 오늘도 죽어가고
죽어가기 전에 살아가고
죽을 때까지 살아남아야 하고
정치와 사회를 오가고
사물 같은 사람들 사이를 횡단한다

하루도 잊지 않고

풍경은 내 편이 아니고
자연은 누구의 편이 아니고
내 양심은 혼자 있어도 나를 찌르고

내 생각을 바꿔 놓는 타인들과
내가 바꿀 수 없는 타인들의 생각 사이로
호흡과 시선의 나라가 투쟁하고
그들도 나처럼 생각할 것이란
내 생각이 얼마나 한심한 내 생각이었는지
환상을 모르는 정신으로 걸어간다

평생을 잊어 가야 할 사건과 함께
평생을 놓아줘야 할 시간과 함께
나는 다른 사람에 있었고
다른 장소에 있게 되었다

강아지하고 있어도 거짓인 것은 거짓인 것
돌멩이하고 있어도 비굴한 것은 비굴한 것

두 번이 아니기에
이번만이기에

그림자하고 있어도 사랑하는 것은 사랑하고 있는 것
혈육이라 해도 아닌 것은 아니라고 말할 수 있어야 하는 것

내 밖으로 걸어 나간 눈물이 나를 본다
내 밖으로 튀쳐나간 핏방울이 풍경을 일으켜 세운다
—「나에게」 전문

박용하의 이번 시집에는 '나'의 내면과 욕망을 성찰하는 이야기가 자주 등장한다. 이는 시인의 비판의식이 세계와 타인만이 아니라 '나'의 내면과 일상에 대해서도 동일하게 작동하고 있다는 증거이다. 우리의 경험이 그러하듯이 타인을 비판하는 일은 쉬워도 동일한 잣대를 자신에게 들이대는 일은 생각보다 어렵다. 게다가 그 비판이 단순한 비난이나 판단이 아니라 생각과 행동, 그러니까 삶의 변화를 요구하는 것이라면 특히 그렇다. 가령 시인은 세상을 향해 "들리지만 보려고 하지 않는 우리들 편견 세상"(「기시감既視感」)이라고 목청을 높이면서도 "나부터 선을 긋고 있다 / 남의 말을 들으려 하지 않는다"(「비판받을 권리」)라고 자신 또한 편견에서 자유롭지 않다고 비판한다. 세상의 부정적인 현실에 대해 '나'의 책임이 없지 않다는 것, 자본주의적 욕망을 내면화하고 살아가는 사람들을 겨냥한 비판은 결국 '나'에 대한 비판이기도 하다는 사실에서 시인은 '나'가 결국 '너'와 다르지 않다는 인식을 끄집어낸다. "너는 언젠가 나였고 / 여러 나 가운데 하나였다 / 나는 언젠가 너의 나였고 / 여러 너의 나였다”(「거들떠보지 않는 죽음」)라는 진술처럼 시인은 자신이 타인들에게 또 한 사람의 ‘너’임을 깨닫는다. 만일 타인이 ‘나’의 타자라면, ‘나’ 또한 타인들의 타자인 것이다. 인용 시에서 이러한 인식은 두 가지 이야기로 연결된다. “그림자하고 있어도 부끄러운 것은 부끄러운 것”이라는 진술처럼 타인과 세상에 대한 비판이 결국 ‘나’에 대한 비판으로 되돌아와 부끄러움의 감정을 불러일으킨다는 것, 그리고 “내 생각을 바꿔 놓는 타인들과 / 내가 바꿀 수 없는 타인들의 생각 사이로 / 호흡과 시선의 나라가 투쟁하고 / 그들도 나처럼 생각할 것이란 / 내 생각이 얼마나 한심한 내 생각이었는지 / 환상을 모르는 정신으로 걸어간다”라는 진술처럼 ‘타인들’이 내가 마음대로 변화시킬 수 없는 타자적 존재라는 인식이 그것이다. 특히 여기에서 우리가 주목해야 할 점은 시인이 자신의 일상적 생활을 “일생을 걸어도 바뀌지 않을 나와 / 일생을 걸고 바꿔 가야 할 내”가 싸우는 과정으로 인식하고, “말과 글이 일생을 따라다닌다”라는 진술처럼 그것을 삶의 문제와 연결시킨다는 사실이다.

시집 전체에 걸쳐 시인은 ‘언어’의 문제를 반복적으로 환기한다. 시인은 ‘깊이’가 죄악인 세계에서도 “말이 허망한 세상이라 해도 / 사람들 속에서 언어를 구할 것이다”(「이 그림자 없는 거리에서」)라고 ‘언어’를 구원하겠다고 다짐한다. 시 「질문」의 한 구절 – “왜 세계의 방식은 언어의 방식이며 / 언어의 방식은 삶의 방식인가 / 왜 내가 사는 언어의 방식이 내가 사는 세계의 방식인가" – 은 '언어/노래/시'에 대한 그의 생각을 압축적으로 보여준다. 그에게 있어서 세계의 방식과 언어의 방식은 평행적이며, 언어의 방식과 삶의 방식 또한 평행적이다. '언어=세계=삶'이라는 등식을 신뢰한다는 점에서 그는 '시인'이다. 이것은 시인이 세계를 구원하고 삶을 변화시키는 방식이 결국 '언어'를 바꾸는 행위를 통해서만 가능하다는 의미이기도 하다. '언어-세계-삶'의 이러한 연속성은 "내가 약속한 말은 어디로 갔으며 / 내가 버린 삶은 어떻게 되었는가"(「한국의 가을」), "어딜 가나 말의 타락 / 어딜 가나 언어의 부패"(「기시감旣視感」), "입장이 바뀌려면 언어를 바꾸어야 해. / 언어를 바꾸려면 삶을 걸어야 해."(「입장」) 같은 진술에서도 동일하게 드러난다. 그에게 있어서 '세계'의 타락은 '언어'의 타락과 같은 것이다. 그래서 그는 "언어의 힘과 삶의 힘은 나중이고 / 언어유희냐 아니냐 / 내 사람이냐 아니냐"(「칭찬의 세계」)에 따라 결정되는 세인(世人)들의 '칭찬'을 신뢰하지 않는다.

열대야에 가만히 물어본다
너는 무엇을 원하느냐
너는 무엇을 사랑하느냐
선풍기도 에어컨도 없이 한여름을 나고 있는
지난해마냥 부채에 의지해 이 여름을 나려는 납량 엽기 가족이여

그 가족 중에
바람 한 점 없는 열기 속에 시를 추구하는 자가 있다
불굴의 시를 원하는 자가 있다
팔꿈치에 괴는 땀을 훔치며
날벌레들의 난무를 조용히 지켜보며
바람 한 점 없는 열기를 지키는 일이 사치라는 것을
고압의 비애라는 것을
고장 난 사람의 짓이라는 것을
사랑의 절정에서 사랑한다고 말할 때처럼 덧없는 짓이라는 것을
부질없는 짓이라는 것을
허망한 짓이라는 것을
시로 말해지지 않는 짓이라는 것을
그러면서 이 세상에 따스하거나 더운 정신이란 말이 없듯이
땀에 전 러닝셔츠에게 말하듯이 또 물어본다
열대지방에 사는 사람들에게도 시가 필요할까
시로서 염원할 그 무엇이 있을까
등줄기에 줄줄 땀이 채고
몸 닿는 곳마다 짜증스런 밤에 시를 쓰겠다고 덤비는 사람이
그 어느 시절 승부욕에 휩싸여 적개심과 위악을 감행하고
울분깨나 쏟아붓던 악동이었다는 것을 떠올려 본다
2등은 이미 진 거라며 혈서를 쓰기도 했던 사람은
어쩌다 시詩 하는 사람이 되어 있다
지고는 못 배기는 사람이 자주 지는 사람이 되어 있고
자신조차 구할 수 없는 사람이 되어 있다
열대야에 조용히 물어본다

너는 무엇을 소원하느냐
자신이 태어난 곳에서 북쪽으로 2백 킬로미터도 갈 수 없는 나라에서
남북으로 찢기고
동서로 갈리고
신분과 계급으로 똘똘 뭉친 나라에서 너는 무엇을 바라느냐
—「여름밤」 전문

박용하에게 시(詩)는 '쓰는 것'이 아니라 '하는 것', 즉 수행적인 발화이다. "언어를 바꾸려면 삶을 걸어야"(「입장」) 한다는 말처럼 그에게 '시=언어'는 이미-항상 '삶'의 문제이다. 언젠가 시인은 '시인이란 무엇인가'라는 질문을 받으면 "한 줄을 쓰는 사람, 한 줄 이후를 쓰는 사람, 오직 한 줄을 쓰는 사람, 끝까지 한 줄을 쓰는 사람이라 답하겠다."(산문집 『시인일기』 서문에서)라고 말한 적이 있다. 거기에서 한 줄을 쓴다는 것은 "지금껏 없던 첫 줄을 / 아무도 가본 적 없는 / 지금 막 당도하는 첫 줄을"(「시 읽는 밤」)이라고 말할 때의 '첫 줄'이고, 동시에 "언어의 힘과 삶의 힘"(「칭찬의 세계」)에 근거해 생산한 '한 줄'이라고 말할 수 있다. 그것은 시인의 존재론["비슷해 보일지라도 세상에 똑같은 이파리는 없고 / 사람은 누구나 한 사람이다"(「'나'라는 슬픔」)]처럼, 또는 시간론["하루는 유일무이한 하루하루"(「'나'라는 슬픔」), "하루

는 늘 오늘 하루"(「생활」)]처럼 '한 줄'의 특이성에 대한 긍정이다. 시인은 "어떤 하루도 대체 불가의 일생 같은 하루여서 / 가 버리면 다시 돌아오지 않는다"(「'나'라는 슬픔」)라는 시간 인식에서 매일, 매 순간을 치열하게 살아야 한다는 삶의 태도를 이끌어내는데, 그것은 다수의 '한 줄'들이 모여서 한 편의 시를 형성하는 이치와 같은 것이다. 이런 맥락에서 시인은 「시 읽는 밤」에서 '첫 줄'의 불가능성과 "시라는 이름으로 아무리 덮어써도" 시가 아닌 것에 대해서 사유한다. 그에게 시는 단순한 언어기호, 즉 표현된 모든 것이 아니라 '하는 것', '추구하는 것'이라는 표현에 합당한, '삶'을 걸어야 얻을 수 있는 어떤 것이다. 이것이 바로 '시 읽는 밤'에 쓰는 것, 즉 "첫 줄만 쓰면 되겠는데 / 아직도 출발하지 않는 첫 줄을 / 어떻게 쓴담"(「시 읽는 밤」)이라는 진술이 깊은 울림을 주는 이유이다. '첫 줄' 혹은 '한 줄'에 대한 시인의 이러한 사유는 "한 줄을 쓰면 되었지만 / 한 줄을 쓰기 어려웠죠"(「한 줄을 쓰는 사람」)라는 고백에서도 반복되고 있는데, 이는 산문집 『시인일기』(2015)를 출간할 때의 문제의식이 여전히 지속되고 있다는 의미이다.

*

바람 한 점 없는 열대야의 열기 속에 "시를 추구하는 자"가 있다. 어쩌면 그는 시를 쓰기 위해 백지, 아니 컴퓨

터의 빈 화면을 마주하고 앉아 있는지도 모른다. 그런 밤에 시인은 잠들지 못하고 자신에게 끝도 없는 물음을 던진다. "너는 무엇을 원하느냐 / 너는 무엇을 사랑하느냐". 이것은 '욕망'에 관한 질문이다. 이것은 타인의 시선을 의식하여, 혹은 '나'의 심연에 존재하는 욕망의 진짜 얼굴을 마주하지 않기 위해 던지는 상투적인 가짜 질문이 아니라 온갖 악조건 속에서도 시를 추구하려는 이유에 대한 물음이요 자신과의 진솔한 대화이다. 시를 추구하는 자로서의 '나'는 알고 있다. '나'가 원하는 "불굴의 시"는 결코 "시로 말해지지 않는 것"이라는 사실을. 그럼에도 불구하고 시인은 "시로서 염원할 그 무엇"이 존재한다면 그것은 무엇이며, "자주 지는 사람", "자신조차 구할 수 없는 사람"이 되어 소원하는 것이 무엇인지 묻는다. 이 질문에 대한 시인의 '대답'을 명확하게 설명하기는 어려울 것이다. 하지만 한 가지 분명한 사실은 말할 수 있을 듯하다. "그림자하고 있어도 사랑하는 것은 사랑하고 있는 것 / 혈육이라 해도 아닌 것은 아니라고 말할 수 있어야 하는 것"(「나에게」)이라는 다짐처럼 시인은 자신이 긍정할 수 없는 세상의 규칙을 끝끝내 수락하지 않을 뿐만 아니라 자신의 문학적·윤리적 기준을 잣대 삼아 매일매일 '첫 줄'을 향해 새로운 삶의 발걸음을 옮긴다. 세상이 우리에게 강제하는 규칙들, 우리를 둘러싸고 있는 사람들의 대다수가 내면화하고 있는 자본주의적 가치법칙에 맞서 자신의 원칙을, '시-삶'을 추구해나간다는 점에서 시인은 문제적인 개인이라고 말할 수 있다. 박용하의 이 시집은 이 세속적 행성에 불시착한 한 개인이 '언어'를 매개로 세계에 맞서 자신의 삶을 구성하는 과정을 '유한'이라는 시간의 좌표 위에 펼쳐놓은 것이라고 말해도 좋을 듯하다. ⓔ

달아실시선 52

이 격렬한 유한 속에서

1판 1쇄 발행 2022년 3월 30일

지은이 박용하
발행인 윤미소
발행처 (주)달아실출판사

책임편집 박제영
디자인 전형근
마케팅 배상휘
법률자문 김용진

주소 강원도 춘천시 춘천로 257, 2층
전화 033-241-7661
팩스 033-241-7662
이메일 dalasilmoongo@naver.com
출판등록 2016년 12월 30일 제494호

ISBN : 979-11-91668-35-3 03810